Infortunios de Alonso Ramírez

European Masterpieces
Cervantes & Co. Spanish Classics N° 53

General Editor: Tom Lathrop

CARLOS DE SIGÜENZA Y GÓNGORA

Infortunios
de Alonso Ramírez

Edited and with notes by
SARA L. LEHMAN

Cervantes & Co.

NEWARK & DELAWARE

Cover illustration and interior illustrations © 2011 by Emily Smith.
Cover design by Michael Bolan.

Copyright © 2011 by European Masterpieces
An imprint of LinguaText, Ltd.
270 Indian Road
Newark, Delaware 19711-5204 USA
(302) 453-8695
Fax: (302) 453-8601

www.EuropeanMasterpieces.com

MANUFACTURED IN THE UNITED STATES OF AMERICA

ISBN: 978-1-58977-080-5

EUROPEAN
Masterpieces

Table of Contents

To the students of *The Transatlantic Picaresque*

Acknowledgments

I OFFER MY DEEPEST appreciation to Tom Lathrop for allowing me the privilege of helping make the Cervantes & Co. offerings transatlantic in scope. To him goes my admiration and utmost respect for conceiving of this line that so well serves our undergraduate students.

I am also immensely grateful to Emily Smith for her amazing maps and illustrations, as well as for the insights that she provided through her reading of the text. Her art captures the flavor of the narrative and visually tells the story alongside Sigüenza y Góngora's words. For supporting Emily's contributions to the project, I thank Dean Michael Latham and his vision for undergraduate research at Fordham University. I am grateful to the Office of Research, as well, for supporting my work with a Summer Faculty Research Grant.

Initial research and field testing of this project was possible only with the help of the students of my 2009 *Transatlantic Picaresque* course: Sarah Ballard, Noelle Benson, Alexandra Billet, Mike Caputo, Thomas DeWolfe, Matt McGregor, Deidre McPhillips, Mary Kate Polanin, Anita Ruilova, Megan Ryan, Meghan Schaefer, Michael Strom, Alex Wainfeld, Jackie Zoller. This was a special class that I will never forget.

Finally, for his support, enthusiasm, and proofreading, I extend heartfelt thanks to Henry Borrero. For his attention to detail, quick responses, and beautiful work, I am ever grateful to Michael Bolan. And for introducing me to this wonderful text in the first place, I extend my thanks and admiration to Harry Rosser and Pedro Lasarte.

Introduction to Students

I. CARLOS DE SIGÜENZA Y GÓNGORA

Nephew of Spanish Golden Age poet Luis de Góngora y Argote. Friend and intellectual colleague of Sor Juana Inés de la Cruz. Jesuit-educated professor of mathematics and astronomy. Carlos de Sigüenza y Góngora moved in the "right" social and intellectual circles in colonial Mexico to enable him to become the cosmographer, historian, poet, and novelist whose work was lauded by the Viceroy himself.

Sigüenza y Góngora was born into a family of noble lineage in Mexico City in 1645. The oldest of nine children, he pursued a Jesuit education in philosophy, literature, and theology, taking the religious vows of poverty, chastity, and obedience upon graduation at the age of 17. Within seven years, however, he was expelled from the Society of Jesus for breaking his vows through late-night carousing in the city of Puebla. Although he repeatedly applied for readmission to the Jesuits, he was denied.

Still, Sigüenza y Góngora continued his academic and religious pursuits. In 1672, he was appointed professor of Astrology and Mathematics at the Real Universidad de México. By 1682, he had become a parish priest and was serving as chaplain of the Hospital del Amor de Dios in addition to performing his teaching duties. He was working in these capacities when he died in 1700.

As a scientist, Sigüenza y Góngora produced several significant writings and treatises. Among them are *Manifiesto filosófico contra los cometas* (1681) and *Libra astronómica* (1691) in which he debunks superstitions and popular beliefs about astronomical events. In the field of historiography, the author recorded events of the colonial period in Mexico in his works *Paraíso occidental* (1684), *El motín de 1692* (1692), and *Don Fernando Cortés, marqués del valle* (1689). He also wrote works warning about the dangers of commercial seafaring: *Trofeo de justicia española en el castigo de la alebosía francesa* (1691) and *Relación de lo sucedido a la Armada de Barlovento* (1691). The influence of these cosmographical, historiographical, and maritime works is remarkable in his literary works.

Sigüenza y Góngora was also a noted poet in his time, although his works in verse are considered significantly less important than his prose literary contributions. He published *Primavera indiana* (1668) in his youth, which possibly explains critics' condemnation of it as "weak." His other poetic works typically date from his early stages as a writer, including *Oriental planeta evangélico* (1662) and *Triumpho Parthéntico* (1683).

Sigüenza y Góngora's most enduring text, however, is his *Infortunios de Alonso Ramírez* (1690), the work which earned him the title of First Spanish American Novelist.

II. *INFORTUNIOS DE ALONSO RAMÍREZ*

This concise narrative centers around the travels and misadventures of its title character as he seeks upward social mobility and wealth through hard work or good luck. Along the way, he passes through some of the Spanish Empire's most important commercial centers and encounters many of the obstacles and oppositions facing the Empire in the seventeenth-century. As such, Alonso's journey teaches readers much about where and how one found resources and opportunities during the colonial period, what challenges faced individuals and the Empire, and the ways in which members of certain social classes managed to survive in the relatively new global economy.

The story narrates the tale of Alonso Ramírez, a young Puerto Rican *criollo* born to a poor but hard-working family. Rejecting his father's profession of carpentry, he seeks his fortune in New Spain, first in Puebla and then in Mexico City and points south. After attempting various jobs (most often carpentry) and a few get-rich-quick schemes, Alonso marries and settles in Puebla. His wife dies in childbirth nine months later, and Alonso gives up on himself and on the Americas,

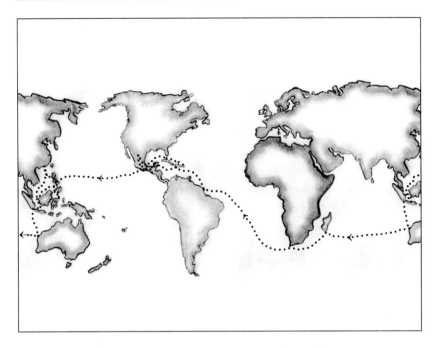

self-exiling to the Philippines on a commercial vessel.

As soon as Alonso establishes himself in these islands and achieves managerial responsibility onboard a commercial ship, he is captured by British (Protestant) pirates who torture, abuse, and enslave him and his companions. He travels with the ruffians through several Asian archipelagos, along the coast of India, around the Cape of Good Hope, and eventually to the mouth of the Amazon River, where he and his companions are set free in a pirated frigate with few provisions.

The small crew sails up the coast of South America and navigates through the Caribbean Islands, always fleeing the ports before docking in fear of further encounters with the British or other hostile groups. In desperation, they finally disembark starving and thirsty on the coast of the Yucatán (Catholic territory). Guided by friendly Indians, they travel to the town of Tihosuco and then to Valladolid and Mérida, receiving kindnesses from the Church and hostility from the State officials that they encounter in each town. Scattering his crew, Alonso is eventually escorted to the court of Viceroy Gaspar de la Cerda, who sympathetically offers aid and facilitates contact with Don Carlos de

Sigüenza y Góngora, who compassionately transcribes this relation of
Alonso's sufferings.

Modern criticism of Sigüenza y Góngora has centered around his
place in Mexican intellectual society and his participation in the baroque movement. Much attention has been paid to his interactions with
Sor Juana Inés de la Cruz, for example. Of *Infortunios* in particular, study
has centered around discussions of genre and truth: whether the text is a
novel or not, whether it narrates a true story or offers a fictional relation.
The book's affinity with the picaresque and byzantine subgenres has also
been debated among literary scholars, as described below.

III. Genre

If Sigüenza y Góngora is the first Spanish American novelist, *Infortunios*
must therefore be a novel. But is it? That question is central to the
study of the text and to approaching the tale of Alonso Ramírez. The
debate stems from the fact that, like all authors of the time, Sigüenza y
Góngora had to conform to the restrictions of the government and the
church regarding what could legally be published. The Spanish crown
had prohibited the publication or import of novels in the New World
in 1531, on the grounds that their reading is "mal ejercicio" for the
imagination of the colonial populations. But this edict did not curb
literary energy in the colonies. On the contrary, it simply caused authors to be more creative in dressing their literary creations as historical documents. Writers such as El Inca Garcilaso de la Vega and Alvar
Núñez Cabeza de Vaca, for example, incorporated fictitious anecdotes
and folkloric legends into their true historiographies. Others, such as
Bernardo de Balbuena and Fray Joaquín Bolaños, applied novelesque
structures and styles in their writings. So when Sigüenza y Góngora
tells us in the letter that precedes *Infortunios* that he is simply tran-
scribing a true tale, one must immediately question whether his account is fact or fiction disguised as biography.

Indeed, *Infortunios* contains many elements associated with the
modern novel: a believable protagonist who faces adversity, detailed
narration of events, a clear intention to "*deleitar*" or entertain the reader (revealed by the protagonist himself), attention to narrative tech-

niques. Yet Sigüenza y Góngora lays all of this literary intention over a cosmographical, geographical, and historiographical base, emphasizing his authority in these sciences and lending verisimilitude (and thus publishability) to his work.

In particular, the book reveals influence of two subgenres of the time: the Byzantine novel and the picaresque novel. The Byzantine novel had been popularized in Spain with Miguel de Cervantes' *Trabajos de Persiles y Segismunda* (1617) and Lope de Vega's *El peregrino en su patria* (1604), among others. From this novelistic form, *Infortunios* inherits the topic of a pilgrimage through perilous waters toward the Christian goal of salvation. The maritime setting, series of misadventures, circular structure, importance of fate, use of suspense, and flexible narrative time all indicate a Byzantine model for the text. But *Infortunios* is not a true Byzantine novel because it lacks the romantic motive and pair of lover-protagonists essential to the sub-genre.

Similarly, *Infortunios* reveals many characteristics of the picaresque novel, in vogue in Spain beginning with the publication of the anonymous *Lazarillo de Tormes* (1554). Authors Miguel de Cervantes, Francisco de Quevedo, and Mateo Alemán made significant contributions to the genre and its popularity soared in the 17th century. In *Infortunios*, the first person narrator, constant geographical and professional movement of the protagonist, episodic structure, and autobiographical framework are all inherited from the picaresque. Moreover, the commercial ambience and upward aspirations of the lower-class protagonist establish a firm connection with the sub-genre. But as with the Byzantine novel, *Infortunios* lacks one key element to be considered a picaresque novel: a *pícaro*! Alonso does not shun work, is not from a no-good family or from unknown origins, does not suffer a rude awakening that causes him to become a criminal, and does not become a societal outcast. In short, there is too much positive in the life of Alonso Ramírez for him to be a *pícaro*.

How, then, does one read *Infortunios*? As a baroque novel, which by nature exhibits the influence of a variety of sources and genres. Like its author, the text has much to offer on both historical and fictional levels and it merits reading and interpretation through both of these lenses. As a work of the Latin American baroque, *Infortunios* is full of contrasting styles and multiple layers which combine to provide a more complete view of the issues of the Spanish Empire than a simple treatise or a purely fantastical account would have. It is this richness that has made this such an enduring text.

IV. CONTEXTUAL NOTES
Spanish Colonial Enterprise
The Spanish Empire during the time of the novel's composition extended from well into the modern United States through Central America, all of South America except Brazil, and the Spanish East Indies, which included the Philippines and parts of several other island groups. Veracruz, Havana, and San Juan were among the most important ports for trade between the New World and Europe, while Acapulco was the northern connection point with Manila, Macao, and other Asian ports. Treasure and resources such as gold, silver, exotic woods, foodstuffs, animals, and plants from the Americas flowed east to Spain two times per year. Goods from the Orient including fabrics, spices, porcelain, jewels, and ivory moved east across the Pacific Ocean and then overland from Acapulco to Veracruz. The system formed a true global economy and Spain all but monopolized the oceans due to papal protection (beginning with the *Tratado de Tordesillas*) since the late fifteenth century.

Yet other nations refused to be excluded from a share of the colonial booty. State-sponsored pirates were in the employ of the regents of England, France, and Holland (who all had limited territories in the Americas). While the biannual Spanish treasure fleets were relatively safe from attack because of their size and defense, smaller expeditions by private merchants were frequent targets of piracy. These smaller trade expeditions were usually carried out in ships such as the frigate below, representative of the one Alonso Ramírez travelled on with the British pirates.

Linguistic Context
Spanish language in the late seventeenth century exhibits only a few

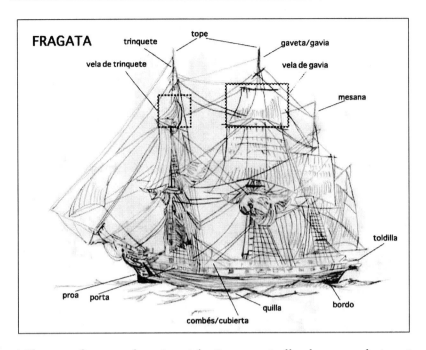

differences from modern Spanish. Grammatically, the most obvious is the placement of object pronouns at the end of conjugated verbs, as in *hállase, diéronnos, acabáronse, navégase,* etc. Sigüenza y Góngora also uses the common contractions *deste* and *desta* for *de este* and *de esta.* Lexically, Sigüenza y Góngora reveals his own cosmographical expertise through his narrator's use of maritime vocabulary and navigational details in the middle chapters of the book.

Stylistically, readers will note two distinct levels of discourse in *Infortunios*: Sigüenza y Góngora's own elevated style in the opening letter and Alonso Ramírez's popular speech in first person throughout the narrative. Alonso employs long sentences with multiple clauses that lend an orality to the text and invite the reader to participate more actively in the narrative process. For example, consider this sentence providing background about Alonso's father:

> Era mi padre carpintero de ribera, e impúsome (en cuanto permitía la edad) al propio ejercicio, pero reconociendo no ser continua la fábrica y temiéndome no vivir siempre, por esta causa, con las

incomodidades que aunque muchacho me hacían fuerza, determiné hurtarle el cuerpo a mi misma patria para buscar en las ajenas más conveniencias.

The digressions and short phrases seem almost conversational. Readers will become accustomed to the author's style and will learn to connect the nouns with their distant verbs or the verbs with their estranged objects. Notes have been provided to facilitate this process.

V. Editions and Translations
Infortunios de Alonso Ramírez was published in 1690 and appears not to have been released again until the much-cited 1902 edition included in *Colección de libros raros y curiosos que tratan de América*. In the 20th century, particularly after Irving Leonard's publication of his biographical study of the author (*Don Carlos de Sigüenza y Góngora, a Mexican Savant of the Seventeenth Century*, 1929), at least thirteen new editions were released. It was also translated into English and Italian. These publications signaled a renewed estimation of the text and a recognition of its importance in Spanish American literary history. This trend continues into the 21st century, with four new editions already published.

VI. On using this edition
Words to be defined in the margin are followed by ° . If more than opne word is defined in the margin, the firſt word of the text to be defined is preceded by ' . Phrases that cannot fit in the margins are translated in footnotes. Our aim is to keep you ikn the text as muc as possible and not let the marginal vocabulary or notes keep you away from the text too long.

VII Selected Bibliography
Editions
Included in this list are many of the editions that present considerable new research or important introductory studies that added much to scholarship on the text.

*Infortunios que Alonso Ramírez natural de la ciudad de S. Juan de Puerto Rico padeció...
en poder de ingleses piratas.* México: Viuda de Bernardo Calderón, 1690.

Infortunios de Alonso Ramirez; descríbelos D. Carlos de Sigüenza y Góngora... Madrid:
impr. de la viuda de G. Pedraza, 1902.

Infortunios de Alonso Ramírez. Segunda edición. Buenos Aires, México: Espasa-
Calpe. Colección Austral. no. 1033, 1951.

The misadventures of Alonso Ramírez. Trans. Edwin H. Pleasants. Mexico: Imprenta
Mexicana 1962.

Camacho Delgado, José Manuel. *Infortunios de Alonso Ramírez.* Valencina de la
Concepción: Espuela de plata. Biblioteca de historia 4. 2008.

Castro, Belén, Alicia Llarena. *Infortunios de Alonso Ramírez.* Las Palmas de Gran
Canaria: Universidad de Las Palmas de Gran Canaria, 2003.

Cirillo Sirri, Teresa. *Peripezie di Alonso Ramírez.* Napoli: Alfredo Guida, 1996.

Cummins, James Sylvester, Alan Soons. *Infortunios que Alonso Ramírez, natural de
la ciudad de San Juan de Puerto Rico, padeció.* London: Tamesis Texts, 1984.

Irizarry, Estelle. *Infortunios de Alonso Ramírez.* San Juan: Comisión Puertorriqueña
para la Celebración del Quinto Centenario del Descubrimiento de América y
Puerto Rico, 1990.

Rodilla, María José. *Infortunios de Alonso Ramírez.* México, D.F.: Alfaguara Clásicos
mexicanos, 2003.

Pérez Blanco, Lucrecio. *Infortunios de Alonso Ramírez.* Madrid: Historia 16. Crónicas
de America 42. 1988.

Valles Formosa, Alba. *Infortunios de Alonso Ramírez.* San Juan de Puerto Rico
Cordillera, 1967.

Scholarly works

The following titles are suggested for insights into Sigüenza y Góngora's
life, work, and the *Infortunios de Alonso Ramírez*. Many were also
consulted during the production of this edition.

Arrom, José Juan. "Cralos de Sigüenza y Góngora. Relectura criolla de los *Infortunios
de Alonso Ramírez.*" *Thesaurus, Boletín del Instituto Caro y Cuervo,* Vol. XLII,
No. 1 (1987): 23-46.

Bazarte Cerdán, Willebaldo. "La primera novela mexicana" en *Humanismo,* Vol. 7,
No. 50-51 (1958): 88-107.

Benítez Grobet, Laura. *La idea de historia en Carlos de Sigüenza y Góngora.* México:
Universidad Nacional Autónoma de México, Facultad de Filosofía y Letras,
1982.

Boyer, Patricio. "Criminality and Subjectivity in *Infortunios de Alonso Ramírez.*"
Hispanic Review, Vol. 78, No. 1, (Winter 2010): 25-48.

Buscaglia-Salgado, José F. "The Misfortunes of Alonso Ramírez (1690) and the Duplicitous Complicity between the Narrator, the Writer, and the Censor." *Dissidences: Hispanic Journal of Theory and Criticism* Vol. 1, Iss. 1 (2005): (http://www.dissidences.org/SiguenzaMisfortunes.html)

Casas de Faunce, María. *La novela picaresca latinoamericana.* Madrid: Cupsa, 1977.

Castagnino, Raúl H., "Carlos de Sigüenza y Góngora o la picaresca a la inversa" in *Razón y Fábula*, Vol. 25 (1971): 27-34.

Castro Leal, Antonio. *La novela del México colonial; estudio preliminar, selección, biografías, notas preliminares, bibliografía general y lista de los principales acontecimientos de la Nueva España de 1517 a 1821.* México: Aguilar, 1964

Catalá, Rafael. *Para una lectura americana del barroco mexicano: sor Juana Inés de la Cruz & Sigüenza y Góngora.* Minneapolis, MN: Prisma Institute, 1987.

González, Aníbal. *"Los Infortunios de Alonso Ramírez:* picaresca e historia", *Hispanic Review*, Vol. 5, No..1 (1983): 189-204.

Greer Johnson, Julie. "Picaresque Elements in Carlos Sigüenza y Gongora's *Los Infortunios de Alonso Ramirez." Hispania,* Vol. 64, No. 1 (March 1981): 60-67.

Hernández de Ross, Norma. *Textos y contextos en torno al tema de la espada y la cruz en tres crónicas novelescas: Cautiverio feliz, El carnero, Infortunios de Alonso Ramírez.* New York: P. Lang, 1996.

Lagmanovich, David. "Para una caracterización de *Infortunios de Alonso Ramírez*", in Cedomil Goïc, *Historia y Crítica de la Literatura Hispanoamericana,* Tomo I, Época Colonial. Barcelona: Editorial Crítica, Grupo Editorial Grijalbo, 1998. 411-416.

Leonard, Irving Albert. *Don Carlos de Sigüenza y Góngora, a Mexican savant of the seventeenth century.* Berkeley: University of California Press, 1929.

Leonard, Irving Albert. *Don Carlos de Sigüenza y Góngora: un sabio mexicano del siglo XVII.* México: Fondo de Cultura Económica, 1984.

Leonard, Irving Albert. *Ensayo bibliografico de Don Carlos de Sigüenza y Gongora.* Mexico: Imprenta de la Secretaria de relaciones exteriores, 1929.

López Arias, Julio. "El género en *Los infortunios de Alonso Ramírez."* Hispanic Journal Vol.15, Iss.1 (1994): 185-201.

Lorente Medina, Antonio. *La prosa de Sigüenza y Góngora y la formación de la conciencia criolla mexicana.* México, D.F.: Fondo de Cultura Económica; Madrid: Universidad Nacional de Educación a Distancia, 1996.

Massmann, Stephanie. "Casi semejantes: Tribulaciones de la identidad criolla en Infortunios de Alonso Ramírez y Cautiverio feliz." Atenea: Revista de Ciencia, Arte y Literatura de la Universidad de Concepción Vol.495 (2007): 109-25.

Nofal, Rossana. *La imaginación histórica en la colonia: Carlos de Sigüenza y Góngora.* San Miguel de Tucumán, Argentina: Instituto Interdisciplinario de Estudios Latinoamericanos, Facultad de Filosofía-Universidad Nacional de Tucumán, 1996.

O'Gorman, Edmundo. "Datos sobre don Carlos de Sigüenza y Góngora." *Boletín del*

Archivo General de la Nación, Vol. XV, No. 7 (1944): 593-612.

Pérez Blanco, Lucrecio. *"Infortunios de Alonso Ramírez*: Una lectura desde la retórica." Cuadernos Americanos Vol.9, Iss.1 (1995): 212-30.

Riobó, Carlos. *"Infortunios de Alonso Ramírez*: De crónica a protonovela americana." Chasqui: Revista de Literatura Latinoamericana Vol.27, Iss.1 (1998): 70-78.

Rojas Garcidueñas, José. *Don Carlos de Sigüenza y Góngora, erudito barroco.* México: Ediciones Xochitl, 1945.

Ross, Kathleen. *The Baroque Narrative of Carlos de Sigüenza y Góngora: A New World Paradise.* Cambridge: Cambridge University Press, 1994.

Ross, Kathleen. "Cuestiones de género en *Infortunios de Alonso Ramírez*." Revista Iberoamericana Vol.61, Iss.172-173 (1995): 591-603.

Torres Duque, Oscar. "El infortunio como valor épico. Una aproximación a la dimensión épica de la crónica novelesca *Infortunios de Alonso Ramírez, de Carlos de Sigüenza y Góngora.*" *Inti: Revista de Literatura Hispánica* Vol.55-56 (2002): 109-28.

Infortunios de ᴄAlonso ᴿamírez

AL EXCMO. SEÑOR D. GASPAR DE SANDOVAL
CERDA SILVA Y MENDOZA,[1]
Conde de Galve, gentil hombre (con ejercicio) de la cámara de S.
M.,[2] comendador° de Salamea y Seclavín[3] en la orden y caballería   knight commander
de Alcántara, Alcaide° perpetuo de los reales alcázares,° puertas   governor, royal palaces
y puentes de la ciudad de Toledo y del castillo y torres de
la de León, señor de las villas de Tórtola y Sacedón, virrey,
gobernador y capitán general de la Nueva España y presidente
de la real chancillería de México, etc.

SI SUELE SER CONSECUENCIA de la temeridad la dicha,[4] y es raro
el error a que le falta disculpa, sóbranme, para presumir acogerme
al sagrado de vuestra excelencia, estos motivos,[5] a no contrapesar°   counterbalance
en mí (para que mi yerro° sea inculpable) cuantos aprecios le ha   error
merecido a su comprensión delicada sobre discreta la «Libra
astronómica y filosófica», que a la sombra del patrocinio de V.
E. en este mismo año entregué a los moldes° Y si al relatarlos en   printing presses
compendio quien fue el paciente le dio V. E. gratos oídos, ahora
que en relación más difusa se los represento a los ojos, ¿cómo
podré dejar de asegurarme atención igual?[6]

---

1   **Al Excmo:** Gaspar Sandoval Cerda Silva y Mendoza was the
thirtieth viceroy of New Spain. *Excmo.* is an abbreviation for *Excelentísimo,*
most excellent. What follows are all his titles.

2   **Gentil hombre...** *acting lord of His Magesty's chamber*

3   Salamea and Seclavín are two towns in Extremadura.

4   **Si suele...** *If good fortune tends to be the consequence of recklessness*

5   **Sóbranme, para...** *these motives are more than enough for me to*
presume to avail myself of your sacred excellence

6   **Y si...** *And if upon relating the events in summary the sufferer* (i.e.
Alonso Ramírez) *pleased Your Excellency's ears, now that I am presenting them*
in a more discursive narration before your eyes, how can I fail to be certain of the
same attention? Here the author is referring to the audience Alonso Ramírez
is given by the Viceroy at the end of the former's voyage. The Viceroy refers
Alonso to Sigüenza y Góngora, who assists him by recording the story of his
travels in the "discursive" style referred to here.

Cerró Alonso Ramírez en México el círculo de trabajos°   tribulations
con que, apresado° de ingleses piratas en Filipinas, varando° en   captured, wandering
las costas de Yucatán en esta América, dio vuelta al mundo y,   around
condoliéndose° V. E. de él cuando los refería, ¿quién dudará el   sympathizing
5   que sea objeto de su munificencia en lo de adelante, sino quien
no supiere el que, templando V. E. con su conmiseración su
grandeza, tan recíprocamente las concilia que las iguala sin que
pueda discernir la perspicacia más lince cuál sea antes en V. E.: lo
grande heredado de sus progenitores excelentísimos, o la piedad
10   connatural de no negarse compasivo a los gemidos tristes de
cuantos lastimados la soliciten en sus afanes?[7]

Alentado° pues, con lo que desta veo cada día prácticamente   encouraged
y con el seguro de que jamás se cierran las puertas del palacio
de V. E. a los desvalidos° en nombre de quien me dio el asunto°   needy, subject matter
15   para escribirla, consagro 'a las aras de° la benignidad de V. E. esta   in honor of
peregrinación lastimosa, confiado° desde luego, por lo que me   confident
toca, que en la crisis altísima que sabe hacer con espanto mío
de la hidrografía[8] y geografías del mundo, tendrá patrocinio y
merecimiento, etc.

20   B. l. m. de V. E.,[9]
D. Carlos de Sigüenza y Góngora

---

7   **¿Quién dudará...** *who has any doubt that he will be the object of
your magnificence in the future, except he who does not know that, when Your
Excellency tempers your greatness with commiseration, so mutually do you
harmonize the two that you balance them, so that even the sharpest intellect can
not discern which is preferred by Your Excellency: the great legacy of your most
excellent progenitors, or the innate piety of not refusing to be compassionate to the
sad moans of all the wounded that solicit it in their anxiety?*

8   **Hidrografía** is the measurement of the depth and physical
characteristics of navigable waters

9   **B. l. m. de V. E** *Beso las manos de Vuestra Excelencia.* This was a
common closing for letters to royalty and authorities, eventually abbreviated
as seen here.

Ap.° del Licenciado D. Francisco de Ayerra Santa María,[10]   Approval
Capellán del Rey Nueſtro Señor, en su Convento Real de Jesús
María de México.

Así por obedecer ciegamente al decreto de 'V. S.° en que   Vuestro Señor
me manda censurar la relación de los «Infortunios de Alonso
Ramírez», mi compatriota, descrita por D. Carlos de Sigüenza
y Góngora, cosmógrafo del Rey nueſtro señor y su catedrático°   professor
de matemáticas en eſta Real Universidad, como por la novedad
deliciosa que su argumento me prometía, me hallé 'empeñado
en° la lección de la obra, y si al principio entré en ella con   engaged in
obligación y curiosidad, en el progreso, con tanta variedad de
casos° diſposición° y eſtruſtura de sus períodos, agradecí° como   circumstances, order,
ineſtimable gracia lo que 'traía sobreescrito° de eſtudiosa tarea.   I appreciated; was

    Puede el sujeto de eſta narración quedar muy desvanecido°   announced; proud
de que sus infortunios son hoy dos veces dichosos° una, por ya   blessed
gloriosamente padecidos, que es lo que encareció° 'la musa de   extolled
Mantua° en boca de Eneas en ocasión semejante a sus campaneos   Virgil
Troyanos: «Forsan & hæc olim meminisse iuvabit»,[11] y otra
porque le cupo en suerte la pluma de eſte Homero° (que era lo   i.e. Sigüenza y Góngora
que deseaba para su César Antonio: «Romanusque tibi contingit
Homerus»[12]), que al embrión de la funeſtidad confusa de tanto
suceso dio alma con lo aliñado de sus discursos y al laberinto
enmarañado de tales rodeos halló el hilo de oro para coronarse
de aplausos.[13]

---

  10   Francisco de Ayerra Santa María was a Puerto Rican-born prieſt
who lived and wrote in Mexico. At the time of *Infortunios'* completion, he
held the position of Censor of the Holy Office of Mexico, and his sympathy
with the Puerto Rican protagoniſt may have induced the prieſt to approve the
book for publication.

  11   **Forsan & hæc...** *perhaps someday we will look back upon these trials
with joy.* From Virgil, *Æneid*, 1: 203.

  12   **Romanusque tibi...** *a Roman Homer sings to you.* Paraphrase of the
Roman poet Decimus Magnus Ausonius' epigram "De Auguſto."

  13   **Que al...** *he gave a soul to the embryo of the confused calamity of all*

No es nuevo en las exquisitas noticias y laboriosas fatigas°   toils
del autor lograr con dichas cuanto comprende con diligencias: y
como en las tablas de la geografía e hidrografía tiene tanto caudal°   wealth (of knowled,
adquirido, no admiro que saliese tan consumado lo que con estos
5   principios se llevaba de antemano medio hecho.[14]

Bastóle tener cuerpo la materia, para que la excediese con
su lima° la obra. Ni era para que se quedase solamente dicho   polish
lo que puede servir escrito para observado, pues esto reducido
a escritura se conserva y aquello con la vicisitud° del tiempo se   accident
10 olvida y un caso, no otra vez acontecido, es digno de que quede
para memoria estampado. «¿Quis mihi tribuat ut scribantur
sermones mei? ¿Quis mihi det, ut exarentur in libro styl ferreo,
vel saltem sculpantur in scilice?»[15] Para eternizar Job lo que
refería deseaba quien lo escribiera y no se contentaba con menos
15 de que labrase en el pedernal° el buril° cuanto él había sabido   flint, chisel
tolerar: «dura quae sustinet, non vult per silentium tegi (dice
la glosa) sed exemplo ad notitiam pertrahi».[16] Este: «Quis mihi
tribuat» de Job halló (y halló cuanto podía desear) el sujeto en el
autor de esta relación que para noticia y utilidad común por no
20 tener cosa digna de censura, será muy conveniente que la eternice
la prensa.

Así lo siento, salvo, etc.México 26 de junio de 1690.
D. Francisco de Ayerra
Santa María

---

*that happened, using the embellishment of his discourse, and in the entangled
labyrinth of such detours he discovered the golden thread that crowned him with
accolades*

14   **No admiro...** *I am not surprised that something with such a great
head start turned out so well accomplished*

15   *¿Quis mihi...* Oh, that my words were recorded, that they were writ-
ten on a scroll, that they were inscribed with an iron tool on lead, or engrave
in rock forever. Job 19:23-4.

16   **Dura quae...** *"He does not wish to hide in silence the rigors he endures
(so says the gloss), but bring them to notice as exemplary."* This is a quote from
the *Glossa ordinaria*, the standard Latin medieval commentary to the Bible.

'SUMA DE LAS LICENCIAS°   summary of licenses

POR DECRETO° DEL EXCMO. Sr. Virrey, Conde de Calve, etc.,   decree
de 26 de junio de este año de 1690. Y por auto° que el Sr. Dr.   edict
D. Diego de la Sierra, etc., 'Juez provisor° y Vicario general deste   diocesan judge
arzobiſþado, proveyó este mismo día, se concedió licencia para
imprimir esta Relación.

Infortunios de Alonso Ramírez

Motivos que tuvo para salir de su patria: Ocupaciones y viajes que hizo por la Nueva España, su asistencia en México hasta pasar a las Filipinas.

I

QUIERO QUE SE ENTRETENGA el curioso que esto leyere por algunas horas con las noticias de lo que a mí me causó tribulaciones de muerte por muchos años. Y, aunque de sucesos que sólo subsistieron en la idea de quien los finge se suelen deducir máximas y aforismos que entre lo deleitable de la narración que entretiene cultiven la razón de quien en ello se ocupa,[1] no será esto lo que yo aquí intente, sino solicitar lástimas que, aunque posteriores a mis trabajos, hayan por lo menos tolerable su memoria, trayéndolas a compañía de las que me tenía a mi mismo cuando me aquejaban.[2] No por esto estoy tan de parte de mi dolor que quiera incurrir en la fea nota de pusilánime y así omitiendo menudencias que a otros menos atribulados que yo lo estuve pudieran dar asunto de muchas quejas,[3] diré lo primero que me ocurriere por ser en la serie de mis sucesos lo más notable.

Es mi nombre Alonso Ramírez y mi patria la ciudad de San

---

1   **Y, aunque...** *And, although from events that only survived in the mind of the one who imagines them it is common to draw maxims and aphorisms that, amidst the delightfully entertaining narrative, cultivate powers of reason in all who reflect on them*

2   **Trayéndolas a...** *joining them with the other memories that I had when these misfortunes afflicted me.*

3   **No por...** *I am not so wrapped up in my suffering that I would want to fall into the error of being faint-hearted and thus I omit little details that could give rise to many complaints by those less grieved than I*

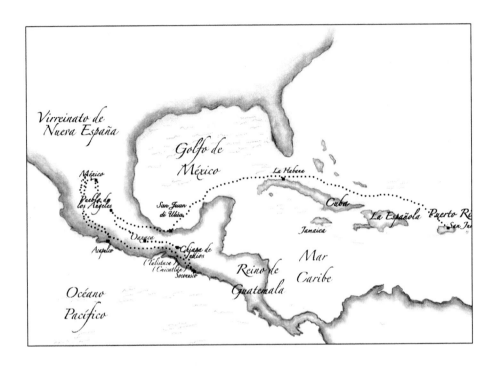

Juan de Puerto Rico, cabeza de la isla, que en los tiempos de
ahora con este nombre y con el de Borriquen en la antigüedad,
entre el seno° mexicano y el mar Atlántico divide términos.   bosom
Hácenla célebre los refrescos que hallan en su deleitosa aguada°   water supply
5 cuantos desde la antigua navegan sedientos° a la Nueva España;   thirsty
la hermosura de su bahía, lo incontrastable del Morro que la
defiende; las cortinas y baluartes° coronados de artillería que la   bulwarks
aseguran. Sirviendo, aun no tanto esto, que en otras partes de
las Indias también se halla, cuanto el espíritu que a sus hijos les
10 reparte el genio de aquella tierra sin escasez a tenerla privilegiada
de las hostilidades de corsantes.[4]

    Empeño° es este en que pone a sus naturales su pundonor°   Determination, dignit
y fidelidad sin otro motivo, cuando es cierto que la riqueza que
le dio nombre por los veneros° de oro que en ella se hallan, hoy   deposits
15 por falta de sus originarios habitadores que los trabajen y por
la vehemencia con que los huracanes procelosos° rozaron° los   tempestuous, cleared
árboles de cacao que a falta de oro provisionaban de lo necesario
a los que lo traficaban, y por el consiguiente al resto de los isleños
se transformó en pobreza.

20   Entre los que ésta había tomado muy a su cargo fueron mis
padres, y así era fuerza que hubiera sido porque no lo merecían
sus procederes;[5] pero ya es pensión° de las Indias el que así sea.   price
Llamóse mi padre Lucas de Villanueva, y aunque ignoro el
lugar de su nacimiento, cónstame° porque varias veces se le oía   it is clear to me
25 decir que era andaluz, y sé muy bien haber nacido mi madre en
la misma ciudad de Puerto Rico, y es su nombre Ana Ramírez,
a cuya cristiandad le debí en mi niñez lo que los pobres sólo le
pueden dar a sus hijos, que son consejos para inclinarlos a la
virtud.

30   Era mi padre 'carpintero de ribera° e impúsome (en cuanto   shipwright
permitía la edad) al propio ejercicio, pero reconociendo no ser
continua la fábrica° y temiéndome no vivir siempre, por esta   work
causa, con las incomodidades que aunque muchacho 'me hacían

---

    4   **Sirviendo, aun...** *Being of less utility for defense, since other parts
of the Indies have equally fortified cities, than the spirit given by nature to the
children of that bountiful land that is a privileged target of pirate hostility.*

    5   **Entre los...** *Among those whom poverty had very much taken charge
of were my parents, and it was forced on them because their behavior was
undeserving of it.*

fuerza° determiné 'hurtarle el cuerpo° a mi misma patria para   weighed upon me, steal
buscar en las ajenas 'más conveniencia.°   myself away; better

Valíme de la ocasión que me ofreció para esto una urqueta°   opportunities; barque
del capitán Juan del Corcho, que salía de aquel puerto para el
de la Habana, en que corriendo el año de 1675 y siendo menos
de trece los de mi edad, me recibieron por paje. No me pareció
trabajosa la ocupación, considerándome en libertad y sin la
pensión° de cortar madera; pero confieso que tal vez presagiando   obligation
lo porvenir, dudaba si podría prometerme algo que fuese
bueno, habiéndome valido de un corcho para principiar mi
fortuna.[6] Mas, ¿quién podrá negarme que dudé bien, advirtiendo
consiguientes° mis sucesos a aquel principio? Del puerto de la   subsequent
Habana (célebre entre cuantos gozan° las islas de Barlovento°   enjoy, windward
así por las conveniencias que le debió a la naturaleza que así lo
hizo, como por las fortalezas con que el arte y el desvelo° lo ha   watchfulness
asegurado) pasamos al de San Juan de Ulúa en la tierra firme de
Nueva España, de donde, apartándome de mi patrón, subí a la
ciudad de la Puebla de los Ángeles, habiendo pasado no pocas
incomodidades en el camino, así por la aspereza° de las veredas°   roughness, paths
que desde Jalapa corren hasta Perote, como también por los fríos
que por no experimentados hasta allí, me parecieron intensos.
Dicen los que la habitan ser aquella ciudad 'inmediata a México°   second to Mexico City
en la amplitud que coge, en el desembarazo° de sus calles, en la   width
magnificencia de sus templos y en cuantas otras cosas hay que
la asemejan a aquella; y ofreciéndoseme° (por no haber visto   occurring to me
hasta entonces otra mayor) que en ciudad tan grande me sería
muy fácil el conseguir conveniencia grande, determiné, sin más
discurso° que éste, el quedarme en ella, aplicándome a servir a un   thought
carpintero para 'granjear sustento° en el ínterin que se me ofrecía   earn a living
otro modo para ser rico.

En la demora° de seis meses que allí perdí, experimenté   delay
mayor hambre que en Puerto Rico y, abominando la resolución
indiscreta de abandonar mi patria por tierra a donde no siempre
se da acogida° a la liberalidad generosa, haciendo mayor el   welcome

---

6   **Habiéndome valido...** *having begun my fortune at sea.* This is
reminiscent of the phrase *"andar como el corcho sobre el agua,"* which means
wandering aimlessly.

número de unos arrieros,[7] sin considerable trabajo me puse en
México.

Láʃtima es grande el que no corran por el mundo grabadas
a punta de diamante en láminas de oro las grandezas magníficas
5   de tan soberbia ciudad.[8] Borróse de mi memoria lo que de la
Puebla aprendí como grande, desde que pisé la calzada° en que   causeway
por la parte 'de medio día° (a pesar de la gran laguna sobre que   southern
eʃtá fundada) se franquea° a los foraʃteros° Y siendo uno de los   is open, strangers
primeros elogios° de eʃta metrópoli la magnanimidad de los   praises
10 que la habitan, a que ayuda la abundancia de cuanto se necesita
para pasar la vida con descanso,[9] que en ella se halla, atribuyo a
fatalidad de mi eʃtrella° haber sido necesario ejercitar mi oficio°   fortune, i.e. carpentr[y]
para suʃtentarme. Ocupóme Criʃtóbal de Medina,[10] 'maeʃtro de
alarife° y de arquiteᶜtura, con competente salario en obras que le   bricklayer
15 ocurrían y se gaʃtaría en ello cosa de un año.

El motivo que tuve para salir de México a la ciudad de Huasaca°   Oaxaca
fue la noticia de que asiʃtía en ella con el título y ejercicio honroso
de regidor° D. Luis Ramírez,[11] en quien, por parentesco que con   town councillor
mi madre tiene, afiancé, ya que no ascensos desᵽroporcionados
20 a los fundamentos tales cuales en que eʃtribaran, por lo menos
alguna mano para subir un poco;[12] pero conseguí, desᵽués de
un viaje de ochenta leguas, el que, negándome con muy malas
palabras el parentesco, tuviese necesidad de 'valerme de° los   count on
extraños por no poder sufrir desᵽegos sensibilísimos por no
25 esᵽerados,[13] y así me apliqué a servir a un 'mercader trajinante°   transporter of goods

---

7   **Haciendo mayor...** *increasing the number of muleteers (i.e. becoming
a muleteer)*

8   **Láʃtima es...** *It is a great shame that the magnificent wonders of
such a proud city do not circulate throughout the world engraved by a glazier's
diamond on gold plates*

9   **A que...** *aided by the abundance of all that is required for a life of
leisure*

10   Criʃtóbal de Medina: Criʃtóbal de Medina Vargas was a highly-
reʃpeᶜted architeᶜt in New Spain

11   Luis Ramírez: confirmed as *regidor* of Antequera in Oaxaca in 1677.

12   **Afiancé, ya...** *I expeᶜted, if not a social ascent disproportionate to the
fundamentals on which it is based, at least a hand up to elevate my situation a
little*

13   **Por no...** *in order to not suffer rejeᶜtions which were all the more
painful because they were unexpeᶜted*

que se llamaba Juan López. Ocupábase éste en permutar° con los   barter
indios Mixes, Chontales y Cuicatecas por géneros° de Castilla que   merchandise
les faltaban, los que son propios de aquella tierra, y se reducen a
algodón, mantas, vainillas, cacao y grana.° Lo que se experimenta   cochineal
en la fragosidad de la Sierra, que para conseguir esto se atraviesa,
y huella continuamente, no es otra cosa sino repetidos sustos
de derrumbarse por lo acantilado de las veredas,[14] profundidad
horrorosa de las barrancas° aguas continuas, 'atolladeros penosos°   ravines, arduous muddy
a que se añaden en los pequeños calidísimos° valles que allí se   spots, hot
hacen, muchos mosquitos y, en cualquier parte, sabandijas°   vermin
abominables a todo viviente por su mortal veneno.

Con todo esto, atropella° la gana de enriquecer y todo esto   stumbles on
experimenté acompañando a mi amo, persuadido a que sería a
medida del trabajo la recompensa. Hicimos viaje a Chiapa de
Indios, y de allí a diferentes lugares de las provincias de Soconusco
y de Guatemala, pero siendo pensión de los sucesos humanos
interpolarse con el día alegre de la prosperidad, la noche pesada
y triste del sinsabor,[15] estando de vuelta para Huaxaca, enfermó
mi amo en el pueblo de Talistaca, con tanto extremo que se le
administraron los Sacramentos para morir.

Sentía yo su trabajo y en igual contrapeso sentía el mío,
gastando el tiempo en idear° ocupaciones en que pasar la vida   thinking up
con más descanso, pero con la mejoría de Juan López 'se sosegó
mi borrasca° a que se siguió tranquilidad, aunque momentánea,   my storm abated
supuesto que en el siguiente viaje, sin que le valiese remedio
alguno, acometiéndole° el mismo achaque° en el pueblo de   afflicting him, ailment
Cuicatlán, le faltó la vida.

Cobré de sus herederos lo que quisieron darme por mi
asistencia y, despechado° de mi mesmo y de mi fortuna, me volví a   enraged
México, y queriendo entrar en aquesta ciudad con algunos reales,
intenté trabajar en la Puebla para conseguirlos, pero no hallé
acogida en maestro alguno y, temiéndome de lo que experimenté
de hambre cuando allí estuve, aceleré mi viaje.

---

14 **Lo que...** *What one experiences in order to get this merchandise over
the roughness of the mountains, is nothing less than constant fear of slipping down
the precipitous paths*

15 **Pero siendo...** *but it being the lot of human events to intermingle the
fortunate day of prosperity with the heavy, sad night of unpleasantness*

Debíle a la aplicación que tuve al trabajo cuando le asistí al maestro Cristóbal de Medina por el discurso de un año, y a la que volvieron a ver en mí cuantos me conocían, el que tratasen de avecindarme° en México, y conseguílo mediante el matrimonio que contraje con Francisca Xavier, doncella° 'huérfana de° doña María de Poblete, hermana del venerable señor Dr. D. Juan de Poblete,[16] deán de la iglesia metropolitana, quien, renunciando la 'mitra arzobispal° de Manila por morir como Fénix en su patrio nido° vivió para ejemplar de cuantos aspiraren a eternizar su memoria con la rectitud de sus procederes.[17]

       get me a residence

       maiden, daughter of t‖

       widow

       archbishop's miter

       nest

Sé muy bien que expresar su nombre es compendiar cuanto puede hallarse en la mayor nobleza y en la más sobresaliente virtud, y así callo, aunque con repugnancia, por no ser largo en mi narración, cuanto me está sugiriendo la gratitud.

Hallé en mi esposa mucha virtud y merecíle en mi asistencia cariñoso amor, pero fue esta dicha como soñada,[18] teniendo solos once meses de duración, supuesto que en el primer parto le faltó la vida. Quedé casi sin ella a tan no esperado y sensible golpe y, para errarlo° todo, me volví a la Puebla.

       get away from it

Acomodéme por oficial de Esteban Gutiérrez, maestro de carpintero, y sustentándose el tal mi maestro con escasez° ¿cómo lo pasaría el pobre de su oficial?[19]

       meagerness

Desesperé entonces de poder ser algo, y hallándome en el tribunal de mi propia conciencia,[20] no sólo acusado, sino convencido de inútil, quise darme por pena° de este delito° la que se da en México a los que son delincuentes, que es enviarlos desterrados a las Filipinas. Pasé, pues, a ellas en el galeón «Santa Rosa», que (a cargo del general Antonio Nieto[21] y de quien

       punishment, crime

---

16   Juan de Poblete: records show that in 1654, Juan de Poblete is elected rector of the Royal and Pontifical University of Mexico

17   **Vivió para...** *he lived as an example to all who aspired to eternalize their memory through the uprightness of their deeds*

18   **Pero fue...** *but this good fortune was like a dream*

19   **¿Cómo lo...** *imagine how his poor assistant suffered*

20   **Hallándome en...** *finding myself in the court of my own conscience*

21   Antonio Nieto: captain of the flagship Santa Rosa, he made several important voyages between Acapulco and the Philippines. He also served as *castellano* of the fort of Acapulco between voyages.

el almirante Leandro Coello era piloto[22]) salió del puerto de
Acapulco para el de Cavite el año 1682.

Está este puerto° en altura de 16 gr. 40 m. a la banda del   i.e. Acapulco
Septentrión° y, cuanto tiene de hermoso y seguro para las naos° que   north, ships
en él se encierran, tiene de desacomodado° y penoso para los que   inconvenient
lo habitan, que son muy pocos, así por su mal temple° y esterilidad   weather
del paraje° como por falta de agua dulce y aun del sustento, que   place
siempre se le conduce de la comarca,[23] y, añadiéndose lo que se
experimenta de calores intolerables, barrancas y precipicios por
el camino, todo ello estimula a solicitar la salida del puerto.[24]

---

22   Leandro Coello: records confirm that this pilot made voyages
between Acapulco and the Philippines between 1663 and 1672.
23   **Se le...** *is brought in from the surrounding countryside*
24   **Todo ello...** *all of that stimulates the necessity of departure from the
port*

Sale de Acapulco para Filipinas; dícese la derrota° de este   route
viaje y en lo que gastó el tiempo hasta que lo apresaron°   captured
ingleses.

II

5   HÁCESE ESTA SALIDA CON la virazón° por el Oesnoroeste   seabreeze
o Noroeste, que entonces entra allí como a las once
del día; pero siendo más ordinaria por el Sudoeste y
saliéndose al Sur y Sursudueste, es necesario para 'excusar bordos°   sail by zigzagging
esperar a las tres de la tarde, porque pasado el sol del Meridiano,
10   alarga el viento para el Oesnoroeste y Noroeste y se consigue la
salida sin barloventear.°   sailing against the win

Navégase desde allí la vuelta del Sur con las virazones de
arriba (sin reparar mucho en que se varían las cuartas o se aparten
algo del Meridiano)¹ hasta ponerse en 12 gr.° o en algo menos.   degrees
15   Comenzando ya aquí a variar los vientos desde el Nordeste al
Norte, así que se reconoce el que llaman del Lesnordeste y Leste,²
haciendo la derrota al Oessudueste, al Oeste y a la cuarta del
Noroeste se apartarán de aquel meridiano quinientas leguas, y
conviene hallarse entonces en 13 gr. de altura.

20   Desde aquí comienzan las agujas a nordestear³ y, en llegando
a 18 gr. la variación, se habrán navegado (sin las quinientas que
he dicho) mil y cien leguas y, sin apartarse del paralelo de 13 gr.
cuando se reconozca nordestea la aguja solos 10 gr. (que será
estando apartados del meridiano de Acapulco mil setecientas
25   y setenta y cinco leguas), con una singladura° de veinte leguas   day's run
o poco más, se dará con la cabeza° del Sur de una de las islas   headland

---

1   **Sin reparar...** *without paying much attention to whether the quarters
vary a little from the Meridian.* A quarter is 1/32 of the nautical rose, or nautical
compass. Each quarter equals 11°15'.

2   **El que...** *the wind that is known as East-northeast and East*

3   **Comienzan las...** *the compasses begin to tend toward the northeast.*
This phenomenon is due to proximity to Ø degrees and the apparent movement of
the North Star. It was first indicated by Columbus in the diary of his first voyage .

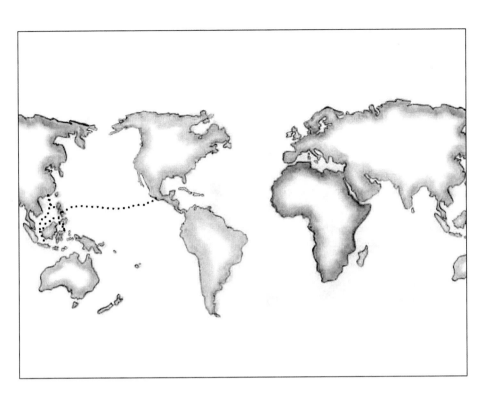

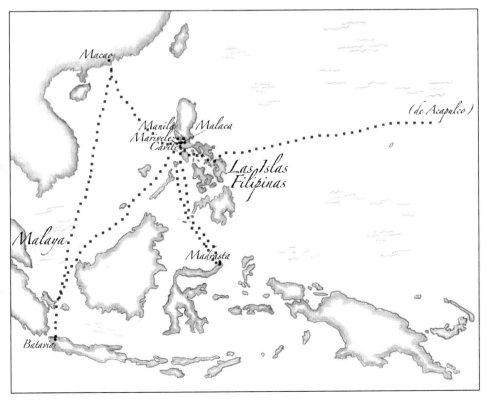

Marianas que se nombra Guan y corre desde 13 y 5 hasta 13 gr. y 25 m. Pasada una isletilla que tiene cerca, se ha de meter de Ioo con bolinas aladas[4] para dar fondo en la ensenada° de Humata, que es la inmediata, y, 'dando de resguardo° un solo tiro de cañón al arrecife° que al Oeste arroja° esta isletilla, en veinte brazas° o en las que se quisiere porque es bueno y limpio el fondo° se podrá surgir.°

    Para buscar desde aquí el embocadero° de S. Bernardino, se ha de ir al Oeste cuarta al Sudoeste, con advertencia de ir haciendo la derrota como se recogiere la aguja,[5] y, en navegando doscientas y noventa y cinco leguas, se dará con el Cabo del Espíritu Santo, que esta en 12 gr. 45 m., y, si se puede buscar por menos altura, es mejor, porque si los vendavales° se anticipan y entran por el Sursuduoeste o por el Sudueste, es aquí sumamente necesario estar a barlovento y al abrigo° de la isla de Palapa y del mismo Cabo.

    En soplando° brisas, se navegará por la costa de esta misma isla cosa de veinte leguas, la proa al Oesnoroeste, guiñando° al Oeste porque aquí se afija° la aguja y, pasando por la parte del Leste del islote de San Bernardino, se va en demanda de la isla de Capul, que a distancia de cuatro leguas está al Sudueste. Desde aquí se ha de gobernar al Oeste seis leguas hasta la isla de Ticao y, después de costear° las cinco leguas yendo al Noroeste hasta la cabeza del Norte, se virará° al Oessudueste en demanda de la bocayna° que hacen las islas de Burias y Masbate. Habrá de distancia de una a otra casi una legua, y de ellas es la de Burias la que cae al Norte. Dista esta bocayna de la cabeza de Ticao cosa de cuatro leguas.

    Pasadas estas angosturas° se ha de gobernar° al Oesnoroeste en demanda de la bocayna de las islas de Marinduque y Banton, de las cuales está al Sur de la otra tres cuartos de legua, y distan de Burias diecisiete. De aquí al Noroeste cuarta al Oeste se han de ir a buscar las isletas de Mindoro, Lobo y Galván.

    Luego, por entre las angosturas de Isla Verde y Mindoro se navegarán al Oeste once o doce leguas hasta cerca de la isla de

Margin glosses:
inlet
keeping a safe distance
reef, juts out, fathom
bottom
anchor
canal
gales
haven
blowing
deviating
stabilizes
sail along the coast
turn
inlet
narrows, steer

---

    4   **Con bolinas aladas...** *with the ropes tense and the sail toward the wind*

    5   **Con advertencia...** *being sure to stay on course as the compass returns to normal*

Ambil y las catorce leguas que desde aquí se cuentan a Marivelez
(que está en 14 gr. 30 m.) se granjean° yendo al Nornoroeste,   are gained
Norte y Nordeste.

Desde Marivelez ha de ir en demanda del puerto de Cavite
al Nordeste, Lesnordeste y Leste como cinco leguas por dar
resguardo a un bajo° que está al Lesnordeste de Marivelez con   sand bank
cuatro brazas y media de agua sobre su fondo.

Desengañado° en el discurso de mi viaje de que jamás saldría   disillusioned
de mi esfera° con sentimiento de que muchos con menores   sphere of influence
fundamentos perfeccionasen las suyas,[6] despedí cuantas ideas me
embarazaron la imaginación por algunos años.

Es la abundancia de aquellas islas, y con especialidad la que se
goza en la ciudad de Manila, en extremo mucha. Hállase allí para
el sustento y vestuario cuanto se quiere a moderado precio, debido
a la solicitud con que, por enriquecer los sangleyes° lo comercian   Chinese merchants
en su Parián,[7] que es el lugar donde, fuera de las murallas, con
permiso de los españoles, se avecindaron. Esto y lo hermoso y
fortalecido de la ciudad, 'coadyuvado con° la amenidad de su río   combined with
y huertas, y lo demás que la hace célebre entre las colonias que
tienen los europeos en el Oriente, obliga a pasar gustosos a los
que en ella viven.

Lo que allí ordinariamente se trajina° es de mar en fuera   transport
y, siendo por eso las navegaciones de unas a otras partes casi
continuas, aplicándome al ejercicio de marinero, me avecindé en
Cavite.

Conseguí por este medio, no sólo mercadear en cosas en que
hallé ganancia y en que me prometía 'para lo venidero° bastante   for the future
logro, sino el ver diversas ciudades y puertos de la India en
diferentes viajes.

Estuve en Madrastapatan, antiguamente Calamina o
Meliapor, donde murió el apóstol Santo Tomé, ciudad grande
cuando la poseían los portugueses, hoy un monte de ruinas
a violencia de los estragos° que en ella hicieron los franceses y   ravages

---

6   **Con sentimiento...** *with consciousness that many with lesser
backgrounds manage to improve theirs*

7   Parián: while Manila was a walled city, the Chinese merchant
entrance to the city was called the Parián gate, and much of the city's business
was conducted through it, with permission of the Spanish. It was later
renamed the *Puerta Real.*

holandeses por poseerla.

Estuve en Malaca, llave de toda la India y de sus comercios
por el lugar que tiene en el estrecho de Syncapura, y a cuyo
gobernador pagan anclaje° cuantos lo navegan.   a tribute to anchor

5   Son dueños de ella y de otras muchas los holandeses, debajo
de cuyo yugo° gimen° los desvalidos° católicos que allí han   yoke, wail, helpless
quedado, a quienes no se permite el uso de la religión verdadera,
no estorbándoles° a los moros y gentiles, sus vasallos, sus   interfering with
sacrificios.

10 Estuve en Batavia, ciudad celebérrima, que poseen los mismos
en la Java mayor y adonde reside el gobernador y capitán general
de los Estados de Holanda. Sus murallas, baluartes y fortalezas
son admirables.

El concurso° que allí se ve de navíos de Malayos, Macasares,   gathering
15 Sianes, Bugifes, Chinos, Armenios, Franceses, Ingleses,
Dinamarcos, Portugueses y Castellanos, no tiene número.
Hállanse en este emporio cuantos artefactos hay en la Europa, y
los que en retorno de ellos le envía la Asia. Fabrícanse allí para
quien quisiere comprarlas, excelentes armas. Pero, con decir estar
20 allí compendiado el Universo, lo digo todo.

Estuve también en Macán, donde, aunque fortalecida de
los portugueses que la poseen, no dejan de estar expuestos a las
supercherías° de los Tártaros (que dominan en la gran China) los   trickery
que la habitan.

25 Aun más por mi conveniencia que por mi gusto, me ocupé
en esto, pero no faltaron ocasiones en que, por obedecer a quien
podía mandármelo, 'hice lo propio° y fue una de ellas la que me   I did my own thing
causó las fatalidades en que hoy me hallo y que empezaron así:

Para provisionarse de bastimentos que en el presidio° de   fortress
30 Cavite ya nos faltaban, por orden del general D. Gabriel de
Cruzalegui[8] que gobernaba las islas, se despachó una fragata de
una cubierta a la provincia de Ilocos, para que de ella, como otras
veces se hacía, se condujesen.[9]

Eran hombres de mar cuantos allí se embarcaron y de ella y

8   Gabriel de Cruzalegui: Governor of the Philippines installed in
1669

9   **Se despachó…** *a one-deck frigate was dispatched to the Province of
Ilocos so that supplies could be brought from there, as was done before*

de ellos, que eran veinticinco, se me dio el cargo. Sacáronse de los 'almacenes reales° y se me entregaron para que defendiese la   royal storehouse
embarcación cuatro chuzos y dos mosquetes que necesitaban de eſtar con prevención de tizones para darles fuego, por tener quebrados° los serpentines:[10] entregáronme también dos 'puños   broken
de balas° y cinco libras de pólvora.   handfuls of bullets

Con eſta prevención de armas y municiones, y sin artellería, ni aún pedrero° alguno, aunque tenía portas° para seis piezas, 'me   gun with stone bullets,
hice a la vela° Pasáronse seis días para llegar a Ilocos; ocupáronse   portholes; I set sail
en el rescate° y carga de los baſtimentos como nueve o diez   barter
y, eſtando al quinto del tornaviaje barloventeando con la brisa para tomar la boca de Marivelez para entrar al puerto, como a las cuatro de la tarde, se descubrieron por la parte de tierra dos embarcaciones, y presumiendo, no solo yo, sino los que conmigo venían, serían las que a cargo de los capitanes Juan Bautiſta y Juan Carvallo habían ido a Pangasinan y Panay en busca de arroz y de otras cosa que se necesitaban en el presidio de Cavite y lugares de la comarca, aunque me hallaba 'a su sotavento° proseguí 'con mis   on their leeward side
bordos° sin recelo° alguno, porque no había de qué tenerlo.   with my side to them, misgiving; get dis-

No dejé de alterarme° cuando dentro de breve rato vi venir   turbed; canoes
para mí dos piraguas° a todo remo, y fue mi suſto en extremo grande, reconociendo en su cercanía ser de enemigos.

Diſpueſto a la defensa como mejor pude con mis dos mosquetes y cuatro chuzos, llovían balas de la escopetería° de   shotguns
los que en ella venían sobre nosotros, pero sin abordarnos, y tal vez se reſpondía con los mosquetes haciendo uno la puntería y dando otro fuego con una ascua,[11] y en el ínterin partíamos las balas con un cuchillo para que, habiendo munición duplicada para más tiros, fuese más durable nueſtra ridícula resiſtencia.

Llegar casi inmediatamente sobre nosotros las dos embarcaciones grandes que habíamos viſto, y de donde habían salido las piraguas, y arriar las de gavia° pidiendo buen cuartel y entrar   topsail

---

10   **Cuatro chuzos...** *four lances and two muskets that required torches on hand to light them, since their serpentines* (devices for holding the lit match) *were broken*

11   **Tal vez...** *we might have returned fire with our muskets, one guy aiming and shooting and the other lighting it with a coal.* The poor equipment of Alonso and his crew, outfitted by the Spanish royal ſtorehouse, is ridiculously obvious here, as he notes at the end of the paragraph.

más de cincuenta ingleses con alfanjes en las manos en mi fragata,
todo fue uno.[12]

    Hechos señores de la toldilla° mientras a palos nos retiraron   roundhouse

a proa, celebraron con mofa° y risa la prevención de armas y   mockery

5 municiones que en ella hallaron, y fue mucho mayor cuando

supieron el que aquella fragata pertenecía al rey y que habían

sacado de sus almacenes aquellas armas. Eran entonces las seis

de la tarde del día martes cuatro de marzo de mil seiscientos y

ochenta y siete.

---

12   **Llegar casi...** *The almost immediate arrival of the two big ships that
we had seen, from which the canoes had come, the lowering of the topsail, our
surrendering, and the boarding of more than fifty Englishman with cutlasses in
their hands, all happened at once.*

Pónense en compendio los robos y crueldades que hicieron estos piratas en mar y tierra hasta llegar a la América.

III

SABIENDO SER YO LA PERSONA a cuyo cargo venía la embarcación, cambiándome a la mayor de las suyas,[1] me recibió el capitán con fingido agrado.° Prometióme a las primeras palabras la libertad si le noticiaba cuáles lugares de las islas eran más ricos y si podría hallar en ellos gran resistencia. Respondíle no haber salido de Cavite, sino para la provincia de Ilocos, de donde venía, y que así no podía satisfacerle a lo que preguntaba. Instóme° si en la isla de Caponiz, que a distancia de catorce leguas está Noroeste Sueste con Marivélez, podría aliñar° sus embarcaciones y si había gente que se lo estorbase; díjele no haber allí población alguna y que sabía de una bahía donde conseguiría fácilmente lo que deseaba. Era mi intento el que, si así lo hiciesen, los cogiesen desprevenidos° no sólo los naturales de ella, sino los españoles que asisten de presidio en aquella isla, y los apresasen. Como a las diez de la noche surgieron donde les pareció a propósito y en estas y otras preguntas que se me hicieron se pasó la noche.

    Antes de levarse° pasaron a bordo de la capitanía° mis veinticinco hombres. Gobernábala un inglés a quien nombraban maestre Bel; tenía ochenta hombres, veinticuatro piezas de artillería y ocho pedreros, todos de bronce.° Era dueño de la segunda el capitán Donkin; tenía setenta hombres, veinte piezas de artillería y ocho pedreros, y en una y otra había sobradísimo° número de escopetas, alfanjes, hachas° arpeos° granadas y ollas llenas de varios ingredientes de olor pestífero.

    Jamás alcancé, por diligencia° que hice, el lugar donde se armaron° para salir al mar; sólo sí supe habían pasado al del Sur por el estrecho de Mayre y que, imposibilitados de poder

friendliness

he pressed me

prepare

unprepared

raising anchor, flaghip

bronze

huge

hatchets, grappling

irons

effort

prepared

---

1   **Cambiándome a…** *switching me to the biggest of their ships*

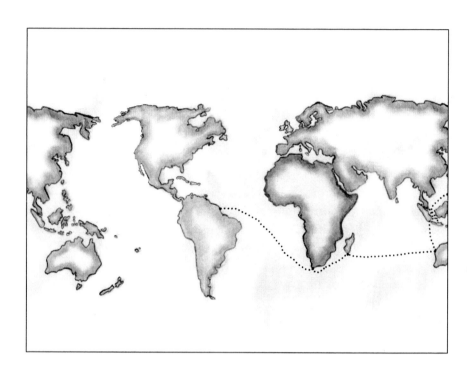

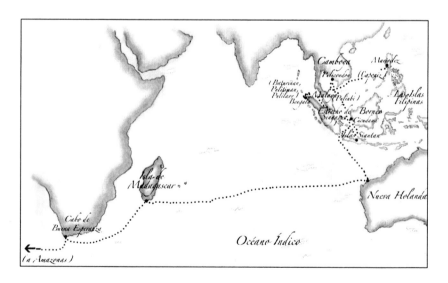

Cambova
Pelicondon
(Casesi)

Marivelez

(Batacnian,
Pelipinan,
Pelilave)
Bcogala

Malaca (Palenbi)

Las Islas
Pilipinas

Ctieche de
Siangan

Borneo
Cacudana

Isla Siantan

Isla de
Madagascar

Nueva Holanda

Cabo de
Buena Esperanza

Océano Índico

(a Amazonas)

robar las costas del Perú y Chile, que era su intento, porque con ocasión de un tiempo° que, entrándoles con notable vehemencia y tesón° por el Leste, les duró once días, se apartaron de aquel meridiano más de quinientas leguas y, no siéndoles fácil volver a él, determinaron valerse de lo andado, pasando a robar a la India, que era más pingüe.°

 Supe también habían estado en islas Marianas y que, batallando con tiempos desechos° y muchos mares, montando° los cabos del Engaño y del Boxeador, y habiendo antes apresado algunos 'juncos y champanes° de indios y chinos, llegaron a la boca de Marivélez, a donde dieron conmigo.

 Puestas las proas de sus fragatas (llevaban la mía 'a remolque° para Caponiz, comenzaron con pistolas y alfanjes en las manos a examinarme de nuevo y aun a atormentarme; amarráronme° a mí y a un compañero mío al árbol mayor y, como no se les respondía a propósito acerca de los parajes donde podían hallar la plata y oro por que nos preguntaban, echando mano de Francisco de la Cruz, sangley mestizo, mi compañero, con crudelísimos 'tratos de cuerda° que le dieron, quedó desmayado° en el combés° y casi sin vida; metiéronme a mí y a los míos en la bodega° desde donde percibí grandes voces y un trabucazo° pasado un rato y habiéndome hecho salir afuera, vide mucha sangre y, mostrándomela, dijeron ser de uno de los míos a quien habían muerto, y que lo mismo sería de mí si no respondía a propósito de lo que preguntaban; díjeles con humildad que hiciesen de mí lo que les pareciese, porque no tenía que añadir cosa alguna a mis primeras respuestas.

 Cuidadoso, desde entonces, de saber quién era de mis compañeros el que habían muerto, hice diligencias por conseguirlo y, hallando cabal° el número, me quedé confuso. Supe mucho después era sangre de un perro la que había visto, y 'no pasó del engaño.°

 No satisfechos de lo que yo había dicho, repreguntando con cariño a mi contramaestre° de quien por indio jamás se podía prometer cosa que buena fuese, supieron de él haber población y presidio en la isla de Caponiz, que yo había afirmado ser despoblada.

 Con esta noticia, y mucho más por haber visto estando ya

---

storm

strength

rich

vile, rounding

types of boats

in tow

they tied me

whipping, unconscious, deck; hold

blunderbuss

exact

I was not fooled

boatswain

sobre ella ir por el largo de la costa dos hombres montados, a que
se añadía la mentira de que nunca había salido de Cavite sino
para Ilocos, y 'dar razón° de la bahía de Caponiz, en que, aunque   giving intelligence
lo disimularon° me habían cogido, desenvainados° los alfanjes   shrugged it off,
5 con muy grandes voces y vituperios° dieron en mí.   unsheathed; insults

Jamás me recelé° de la muerte con mayor susto que en este   feared
instante; pero conmutáronla en tantas patadas y pescozones que
descargaron en mí,² que me dejaron incapaz de movimiento por
muchos días.

10 Surgieron en parte de donde no podían recelar insulto
alguno de los isleños y, dejando en tierra a los indios dueños de
un junco, de que se habían apoderado el antecedente día al aciago°   ill-fated
y triste en que me cogieron, hicieron su derrota a Pulicondon,
isla poblada de Cochinchinas en la costa de Camboja, donde,
15 tomado puerto, cambiaron a sus dos fragatas cuanto en la mía se
halló y le pegaron fuego.

Armadas las piraguas con suficientes hombres, fueron a tierra
y hallaron los esperaban los moradores° de ella sin repugnancia;   inhabitants
propusiéronles no querían más que proveerse allí de lo necesario,
20 dándoles lado° a sus navíos y rescatarles también frutos de la   safe harbor
tierra, por lo que les faltaba.

O de miedo o por otros motivos que yo no supe, asintieron°   agreed
a ello los pobres bárbaros; recibían ropa de la que traían hurtada
y correspondían con brea° grasa y carne salada de tortuga y con   tar
25 otras cosas.

Debe ser la falta que hay de abrigo en aquella isla o el deseo
que tienen de lo que en otras partes se hace en extremo mucho,
pues les forzaba la desnudez o curiosidad a cometer la más
desvergonzada vileza que jamás vi.

30 Traían las madres a las hijas y los mismos maridos a sus
mujeres y se las entregaban, con la recomendación de hermosas,
a los ingleses por el vilísimo precio de una manta o equivalente
cosa.

Hízoseles tolerable la estada de cuatro meses en aquel paraje
35 con conveniencia tan fea, pero pareciéndoles no vivían mientras
no hurtaban, estando sus navíos para navegar, se bastimentaron

---

2 **Pero conumtaronla...** *but they commuted my (death) sentence into
so many kicks and blows on the neck that they rained down on me*

de cuanto pudieron para salir de allí.

Consultaron primero la paga que se les daría a los Pulicondones por el hospedaje y, remitiéndola al mismo día en que saliesen al mar, acometieron° aquella madrugada a los que they attacked dormían incautos° y, pasando a cuchillo aun a las que dejaban ′en unwary cinta° y poniendo fuego en lo más del pueblo, tremolando° sus pregnant, to raise banderas y con grande regocijo° vinieron a bordo. rejoicing

No me hallé presente a tan nefanda° crueldad; pero con unspeakable temores de que en algún tiempo pasaría yo por lo mismo, desde la capitana, en que siempre estuve, oí el ruido de la escopetería y vi el incendio.

Si hubieran celebrado esta abominable victoria agotando frasqueras de aguardiente,³ como siempre usan, poco importara encomendarla° al silencio; pero habiendo intervenido en ello to entrust it lo que yo vide, ¿cómo pudiera dejar de expresarlo, si no es quedándome dolor y escrúpulo de no decirlo?⁴

Entre los despojos° con que vinieron del pueblo, y fueron spoils cuanto por sus mujeres y bastimentos les habían dado, estaba un brazo humano de los que perecieron en el incendio; de éste cortó cada uno una pequeña presa y, alabando° el gusto de tan linda praising carne entre repetidas saludes,° le dieron fin. toasts

Miraba yo con escándalo y congoja° tan bestial acción y, anguish llegándose a mí uno con un pedazo° me instó con importunaciones° weapon, annoyances molestas a que lo comiese. A la debida repulsa que yo le hice, me dijo: que siendo español, y por el consiguiente cobarde, bien podía, para igualarlos a ellos en el valor, no ser melindroso.° No squeamish me instó más por responder a un brindis.° toast

Avistaron° la costa de la tierra firme de Camboja al tercero they sighted día y, andando continuamente de un bordo a otro, apresaron un champán lleno de pimienta; hicieron con los que lo llevaban lo que conmigo y, sacándole la plata y cosas de valor que en él se llevaban sin hacer caso alguno de la pimienta, quitándole timón° helm y velas y abriéndole un rumbo,⁵ lo dejaron ′ir al garete° para que go adrift se perdiese.

Echada la gente de este champán en la tierra firme y pasándose

---

3   **Agotando frasqueras...** *draining flaskfulls of brandy*
4   **Si no...** *without retaining pangs of conscience for not having said it*
5   **Abriéndole un...** *boring a hole in the hull of the ship*

a la isla despoblada de Puliubi, en donde se hallan cocos y ñame°   yams
con abundancia, con la seguridad de que no tenía yo ni los míos
por donde huir, nos sacaron de las embarcaciones para colchar°   twist
un cable. Era la materia de que se hizo bejuco° verde, y quedamos   wicker
5 casi sin uso de las manos por muchos días por acabarlo en pocos.

Fueron las presas° que en este paraje hicieron 'de mucha   booty
monta° aunque 'no pasaran de tres° y de ellas pertenecía la una   of high value, there we
al rey de Siam y las otras dos a los portugueses de Macan y Goa.   only three

Iba en la primera un embajador de aquel rey para el
10 gobernador de Manila y llevaba para éste un regalo de preseas°   jewels
de mucha estima, muchos frutos y géneros preciosos de aquella
tierra.

Era el interés de la segunda mucho mayor, porque se reducía
a solos tejidos de seda de la China en extremo ricos y a cantidad
15 de oro en piezas de filigrana, que, por vía de Goa, se remitía a
Europa.

Era la tercera del virrey de Goa e iba a cargo de un embajador
que enviaba al rey de Siam por este motivo.

Consiguió un ginovés (no sé las circunstancias con que vino
20 allí) no sólo la privanza° con aquel rey, sino el que lo hiciese su   favor
lugarteniente° en el principal de sus puertos.   deputy

Ensoberbecido° éste con tanto cargo, les cortó las manos a   arrogant
dos caballeros portugueses que allí asistían, por leves° causas.   slight

Noticiado de ello el virrey de Goa, enviaba a pedirle
25 satisfacción y aun a solicitar se le entregase el ginovés para
castigarle.

'A empeño° que parece no cabía en la esfera de lo asequible,   as a guarantee
correspondió el regalo que, para granjearle la voluntad al rey, se
le remitía.

30 Vide° y toqué con mis manos una como torre o castillo de vara   =vi
en alto,⁶ de puro oro, sembrada de diamantes y otras preciosas
piedras, y, aunque no de tanto valor, le igualaban en lo curioso
muchas alhajas° de plata, cantidad de canfora° ámbar y almizcle°   jewels, camphor
sin el resto de lo que para comerciar y vender en aquel reino había   musk
35 en la embarcación.

Desembarazada° ésta y las dos primeras de lo que llevaban,   unloaded
les dieron fuego y, dejando así a portugueses como a sianes° y a   Siamese

---

6   **Una como...** *a piece of workmanship like a tower or castle one rod tall*

ocho de los míos en aquella isla sin gente, tiraron la vuelta de las de Siantan, habitadas de malayos° cuya vestimenta no pasa de la cintura, y cuyas armas son crises.°

    Rescataron de ellos algunas cabras, cocos y aceite de éstos para la lantia° y otros refrescos, y, dándoles un albazo° a los pobres bárbaros, después de matar algunos y de robarlos a todos, en demanda de la isla de Tamburlan, viraron afuera.

    Viven en ella Macazares, y, sentidos los ingleses de no haber hallado allí lo que en otras partes, poniendo fuego a la población en ocasión que dormían sus habitadores, navegaron a la grande isla de Borney y, por haber barloventeado catorce días su costa occidental sin haber pillaje° se acercaron al puerto de Cicudana en la misma isla.

    Hállanse en el territorio de este lugar muchas preciosas piedras y en especial diamantes 'de rico fondo° y la cudicia° de rescatarlos y poseerlos, no muchos meses antes que allí llegásemos, estimuló a los ingleses que en la India viven pidiesen al rey de Borney (valiéndose para eso del gobernador que en Cicudana tenía) les permitiese factoría° en aquel paraje.

    Pusiéronse los piratas a sondar° en las piraguas la barra del río, no sólo para entrar en él con las embarcaciones mayores, sino para hacerse capaces de aquellos puestos.[7]

    Interrumpióles este ejercicio un champan de los de la tierra, en que venía de parte de quien la gobernaba a reconocerlos.

    Fue su respuesta ser de nación ingleses y que venían cargados de géneros nobles y exquisitos para contratar° y rescatarles diamantes.

    Como ya antes habían experimentado en los de esta nación amigable trato y vieron ricas muestras de lo que en los navíos que apresaron en Puliubi, les pusieron luego a la vista, se les facilitó la licencia para comerciar.

    Hiciéronle al gobernador un regalo considerable y consiguieron el que por el río subiesen al pueblo (que dista un cuarto de legua de la marina) cuando gustasen.

    En tres días que allí estuvimos reconocieron estar indefenso y abierto por todas partes y, proponiendo a los Cicudanes no

Malayans

daggers

lighting, dawn attack

pillaging

in great abundance,

greed

trading post

explore

trade

---

7   **Hacerse capaces...** *to case the place (for an attack)*

poder detenerle por mucho tiempo,[8] y que así se recogiesen
los diamantes en casa del gobernador, donde se haría la feria°   fair
dejándonos aprisionados a bordo y con bastante guarda, subiendo
al punto de medianoche por el río arriba muy bien armados,
5 dieron de improviso en el pueblo, y fue la casa del gobernador la
que primero avanzaron.

Saquearon° cuantos diamantes y otras piedras preciosas ya   they plundered
estaban juntas, y lo propio consiguieron en otras muchas a que
pegaron fuego, como también a algunas embarcaciones que allí
10 se hallaron.

Oíase a bordo el clamor del pueblo y la escopetería, y fue la
mortandad (como blasonaron° después) muy considerable.   bragged

Cometida muy a su salvo tan execrable traición,[9] trayendo
preso al gobernador y a otros principales, se vinieron a bordo con
15 gran presteza, y con la misma se levaron saliendo afuera.

No hubo pillaje que a éste se comparase por lo poco que
ocupaba y su excesivo precio. ¿Quién será el que sepa lo que
importaba?

Vídele al capitán Bel tener 'a granel° llena la copa° de su   in a heap, crown
20 sombrero de solos diamantes. Aportamos a la isla de Baturiñan
dentro de seis días y, dejándola por inútil, se dio fondo en la de
Pulitiman, donde hicieron aguada y tomaron leña, y, poniendo
en tierra (después de muy maltratados y muertos de hambre) al
gobernador y principales de Cicudana, viraron para la costa de
25 Bengala por ser más cursada° de embarcaciones, y en pocos días   frequented
apresaron dos bien grandes de moros negros, cargadas de rasos°   satins
elefantes, garzas° y *sarampures*, y, habiéndolas desvalijado° de   cranes, robbed
lo más precioso, les dieron fuego, quitándoles entonces la vida
a muchos de aquellos moros a sangre fría, y dándoles a los que
30 quedaron las pequeñas lanchas° que ellos mismos traían para que   boats
se fuesen.

Hasta este tiempo no ° habían encontrado con navío alguno
que se les pudiera oponer, y en este paraje, o por 'casualidad de
la contingencia° o porque ya se tendría noticia de tan famosos   accident

---

8   **Proponiendo a...** *telling the Cicudanes that they could not stay for long*

9   **Cometida muy...** *This detestable treachery being carried out without any danger*

ladrones en algunas partes, de donde creo había ya salido gente
para castigarlos, se descubrieron cuatro navíos de guerra bien
artillados, y todos de holandeses a lo que parecía.

Estaban éstos a Sotavento y, 'teniéndose de Ioo° los piratas   *having gotten*
cuanto les fue posible, ayudados de la obscuridad de la noche,
mudaron rumbo hasta dar en Pulilaor y se rehicieron de
bastimentos y de agua; pero, no teniéndose ya por seguros en
parte alguna y temerosos de perder las inestimables riquezas con
que se hallaban, determinaron dejar aquel archipiélago.

Dudando si desembocarían° por el estrecho de Sunda o de   *they would come out*
Sincapura, eligieron éste por más cercano, aunque más prolijo° y   *tedious*
dificultoso, desechando el otro, aunque más breve y limpio, por
más distante, o lo más cierto, por más frecuentado de los muchos
navíos que van y vienen de la nueva Batavia, como arriba dije.

Fiándose° pues, en un práctico° de aquel estrecho que iba con   *relying on, pilot*
ellos, ayudándoles la brisa y corrientes cuanto no es decible, con
banderas holandesas y bien prevenidas las armas para cualquier
caso, esperando una noche que fuese lóbrega° se entraron por   *gloomy*
él con desesperada resolución y lo corrieron casi hasta el fin sin
encontrar sino una sola embarcación al segundo día.

Era ésta una fragata de treinta y tres codos de quilla° cargada   *keel*
de arroz y de una fruta que llaman «bonga»° y al mismo tiempo   *a Philippine palm*
de acometerla (por no perder la costumbre de robar, aun cuando
huían), dejándola sola los que la llevaban, y eran malayos, se
echaron al mar y de allí salieron a tierra para salvar las vidas.

Alegres de haber hallado embarcación en que poder aliviarse
de la mucha carga con que se hallaban, pasaron a ella de cada
uno de sus navíos siete personas con todas armas y diez piezas de
artillería con sus pertrechos° y, prosiguiendo con su viaje, como a *ammunition*
las cinco de la tarde de este mismo día desembocaron.

En esta ocasión se desaparecieron cinco de los míos, y
presumo que, valiéndose de la cercanía a la tierra, lograron la
libertad con echarse a nado.

A los veinticinco días de navegación avistamos una isla (no
sé su nombre) de que por habitada de portugueses, según decían
o presumían, nos apartamos y desde allí se tiró la vuelta de la
Nueva Holanda, tierra aun no bastantemente descubierta de los
europeos, y poseída, a lo que parece, de gentes bárbaras, y al fin

de más de tres meses dimos con ella.

Desembarcados en la costa los que se enviaron a tierra con las piraguas, hallaron rastros antiguos de haber estado gente en aquel paraje; pero, siendo allí los vientos contrarios y vehementes y el surgidero malo, solicitando lugar más cómodo, se consiguió en una isla de tierra llana y, hallando no sólo resguardo y abrigo a las embarcaciones, sino un arroyo de agua dulce, mucha tortuga y ninguna gente, se determinaron 'dar allí carena° para volverse   *repair the hull* a sus casas. Ocupáronse ellos en hacer esto y yo y los míos en remendarles las velas y en hacer carne.

A cosa de cuatro meses o poco más, estábamos ya para salir a viaje y, poniendo las proas a la isla de Madagascar, o de San Lorenzo, con Lestes a popa, llegamos a ella en veintiocho días. Rescatáronse de los negros que la habitaban muchas gallinas, cabras y vacas, y, noticiados de que un navío inglés mercantil estaba para entrar en aquel puerto a contratar con los negros, determinaron esperarlo y así lo hicieron.

No era esto como yo infería de sus acciones y pláticas, sino por ver si lograban el apresarlo;[10] pero, reconociendo cuando llegó a surgir que venía muy bien artillado y con bastante gente, hubo de la una a la otra parte repetidas salvas y amistad recíproca.

Diéronle los mercaderes a los piratas aguardiente y vino, y retornáronles éstos de lo que traían hurtado, con abundancia.

Ya que no por fuerza (que era imposible) no omitía diligencia el capitán Bel para hacerse dueño de aquel navío como pudiese; pero lo que tenía éste de ladrón y de codicioso, tenía el capitán de los mercaderes de vigilante y sagaz; y así, sin pasar jamás a bordo nuestro (aunque con grande instancia y con convites° que   *invitations* le hicieron, y que él no admitía, lo procuraban), procedió en las acciones con gran recato° No fue menor el que pusieron Bel y   *caution* Donkin para que no supiesen los mercaderes el ejercicio en que andaban y, para conseguirlo con más seguridad, nos mandaron a mí y a los míos, de quienes únicamente se recelaban, el que pena de la vida no hablásemos con ellos palabra alguna y que dijésemos éramos marineros voluntarios suyos y que nos pagaban.

Contravinieron° a este mandato dos de mis compañeros   *violated* hablándole a un portugués que venía con ellos y, mostrándose

---

10   **Sino por...** *rather, I expected to see them try to seize the ship*

piadosos en no quitarles la vida, luego al instante los condenaron
a recibir seis azotes° de cada uno. Por ser ellos ciento cincuenta,   lashes
llegaron los azotes a novecientos, y fue tal el rebenque° y tan   whip
violento el impulso con que los daban, que amanecieron muertos
los pobres al siguiente día.

Trataron de dejarme a mí y a los pocos compañeros que habían
quedado en aquella isla; pero, considerando la barbaridad de los
negros moros que allí vivían, hincado° de rodillas y besándoles   kneeling
los pies con gran rendimiento° después de reconvenirles° con   submission, remind
lo mucho que les había servido y ofreciéndome a asistirles en su   them
viaje como si fuese esclavo, conseguí el que me llevasen consigo.

Propusiéronme entonces, como ya otras veces me lo habían
dicho, el que jurase de acompañarlos siempre y me darían armas.

Agradecíles la merced y, haciendo refleja a las obligaciones
con que nací, les respondí con afectada humildad el que más
me acomodaba a servirlos a ellos que a pelear con otros, por ser
grande el temor que les tenía a las balas; tratándome de español
cobarde y gallina, y por eso indigno de estar en su compañía, que
me honrara y valiera mucho, no me instaron más.

Despedidos de los mercaderes y bien provisionados de
bastimentos, salieron en demanda del Cabo de Buena Esperanza
en la costa de África, y después de dos meses de navegación,
estando primero cinco días barloventándolo, lo montaron. Desde
allí por espacio de un mes y medio se costeó un muy extendido
pedazo de tierra firme, hasta llegar a una isla que nombran «de
piedras», de donde, después de tomar agua y proveerse de leña,
con las proas al Oeste y con brisas largas, dimos en la costa del
Brasil en veinticinco días.

En el tiempo de dos semanas en que fuimos 'al luengo° de la   along
costa y sus vueltas disminuyendo altura, en dos ocasiones echaron
seis hombres a tierra en una canoa y, habiendo hablado con no sé
qué portugueses y comprándoles algún refresco, se pasó adelante
hasta llegar finalmente a un río dilatadísimo° sobre cuya boca   vast
surgieron en cinco brazas, y presumo fue el de las Amazonas, si
no me engaño.

Danle libertad los piratas y trae a la memoria lo que toleró en su prisión.

IV

DEBO ADVERTIR, ANTES DE expresar lo que toleré y sufrí de trabajos y penalidades° en tantos años, el que sólo en el condestable° Nicpat y en Dick, cuartomaestre° del capitán Bel, hallé alguna conmiseración y consuelo en mis continuas fatigas, así socorriéndome sin que sus compañeros lo viesen en casi extremas necesidades, como en buenas palabras con que me exhortaban a la paciencia.[1] Persuádome a que era el condestable católico sin duda alguna.

'Juntáronse a consejo° en este paraje y no se trató otra cosa sino que se haría de mí y de siete compañeros míos que habían quedado.

Votaron unos, y fueron los más, que nos degollasen° y otros, no tan crueles, que nos dejasen en tierra. A unos y otros se opusieron el condestable Nicpat, el cuartomaestre Dick y el capitán Donkin con los de su séquito° afeando acción tan indigna a la generosidad inglesa.[2]

"Bástanos," decía éste, "haber degenerado de quienes somos, robando lo mejor del Oriente con circunstancias tan impías. ¿Por ventura no están clamando al cielo tantos inocentes a quienes les llevamos lo que a costa de sudores, a quienes les quitamos la vida?[3] ¿Qué es lo que hizo este pobre español ahora para que la pierda? Habernos servido como un esclavo en agradecimiento de lo que con él se ha hecho desde que lo cogimos. Dejarlo en este río, donde juzgo no hay otra cosa sino indios bárbaros, es

punishments

sergeant-at-arms,
quartermaster

they met in council

slit our throats

entourage

---

1   **Así socorriéndome...** *helping me in almost extreme need without their companions noticing, as well as urging my patience with their kind words*

2   **Afeando acción...** *such an unworthy action defiling English generosity*

3   **Por ventura...** *By pure chance are so many innocent people, from whom we stole what they earned by the sweat of their brows and whom we killed, crying out to the heavens?*

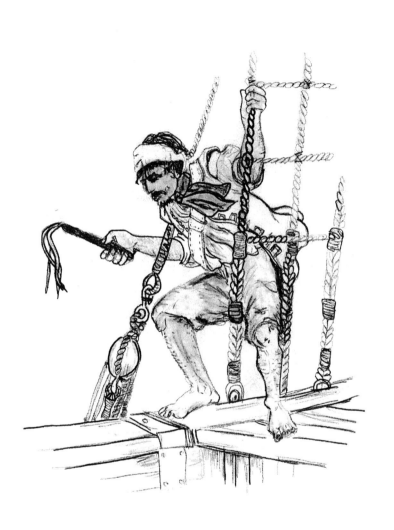

ingratitud. Degollarlo, como otros decís, es más que impiedad, y porque no dé voces que se oigan por todo el mundo su inocente sangre, yo soy, y los míos, quien los patrocina."[4]

Llegó a tanto la controversia que, estando ya para tomar las armas para decidirla, se convinieron en que me diesen la fragata que apresaron en el estrecho de Syncapura y con ella la libertad para que dispusiese de mí y de mis compañeros como mejor me estuviese.

Presuponiendo el que a todo ello me hallé presente, póngase en mi lugar quien aquí llegare y discurra° de qué tamaño sería el susto y la congoja con que yo estuve.   imagine

Desembarazada la fragata que me daban de cuanto había en ella, y cambiado a las suyas, me obligaron a que agradeciese a cada uno separadamente la libertad y piedad que conmigo usaban, y así lo hice.

Diéronme un astrolabio° y agujón° un derrotero° holandés,   astrolabe, compass,
una sola tinaja° de agua y dos tercios° de arroz; pero, al abrazarme   course; earthen jar,
al Condestable para despedirse, me avisó cómo me había dejado,   quantity
a excusas de° sus compañeros, alguna sal y tasajos° cuatro barriles   in apology for, dried
de pólvora, muchas balas de artillería, una caja de medicinas y   meats
otras diversas cosas.

Intimáronme (haciendo testigos de que lo oía) el que si otra vez me cogían en aquella costa, sin que otro que Dios lo remediase, me matarían, y que, para excusarlo, gobernase siempre entre el Oeste y Noroeste, donde hallaría españoles que me amparasen; y haciendo que me levase, dándome el buen viaje, o por mejor decir, mofándome y escarneciéndome,° me dejaron ir.   ridiculing

Alabo a cuantos, aun con riesgo de la vida, solicitan la libertad, por ser ella la que merece, aun entre animales brutos, la estimación.

Sacónos a mí y a mis compañeros tan no esperada dicha copiosas lágrimas, y juzgo corrían gustosas por nuestros rostros por lo que antes les habíamos tenido reprimidas y ocultas en nuestras penas.

Con un regocijo nunca esperado suele de ordinario embara-

---

4   **Porque no**... *that their innocent blood will not emit cries that will be heard around the world, I and my companions will vouch for them*

zarse el discurso y,⁵ pareciéndonos sueño lo que pasaba, se necesitó de mucha refleja para creernos libres.

Fue nuestra acción primera levantar las voces al cielo engrandeciendo a la divina misericordia como mejor pudimos, y con inmediación dimos las gracias a la que en el mar de tantas borrascas fue nuestra estrella.

Creo hubiera sido imposible mi libertad si continuamente no hubiera ocupado la memoria y afectos en María Santísima de Guadalupe de México, de quien siempre protesto viviré esclavo por lo que le debo.

He traído siempre conmigo un retrato suyo, y temiendo no le profanaran los herejes piratas cuando me apresaron, supuesto que entonces quitándonos los rosarios de los cuellos y reprendiéndonos como a impíos y supersticiosos, los arrojaron al mar, como mejor pude se lo quité de la vista, y la vez primera que subí al tope° lo escondí allí.   masthead

Los nombres de los que consiguieron conmigo la libertad y habían quedado de los veinticinco (porque de ellos en la isla despoblada de Poliubi dejaron ocho, cinco se huyeron en Syncapura, dos murieron de los azotes en Madagascar, y otros tres tuvieron la misma suerte en diferentes parajes) son Juan de Casas, español, natural de la Puebla de los Ángeles, en Nueva España, Juan Pinto y Marcos de la Cruz, indios pangasinán aquél, y éste pampango, Francisco de la Cruz y Antonio González, sangleyes, Juan Díaz, malabar y Pedro, negro de Mozambique, esclavo mío. A las lágrimas de regocijo por la libertad conseguida se siguieron las que bien pudieran ser de sangre por los trabajos pasados, los cuales nos representó luego al instante la memoria en este compendio.

A las amenazas con que estando sobre la isla de Caponiz nos tomaron la confesión para saber qué novios y con qué armas estaban para salir de Manila, y cuáles lugares eran más ricos, añadieron dejarnos casi quebrados los dedos de las manos con las llaves° de las escopetas y carabinas, y sin atender a la sangre que   locks
lo manchaba, nos hicieron hacer ovillo° del algodón que venía   balls of yarn
en greña° para coser velas; continuóse este ejercicio siempre que   tangle
fue necesario en todo el viaje, siendo distribución de todos los

---

5   **Con un...** *Such unhoped-for joy tends to impede conversation*

días, sin dispensa alguna, baldear° y barrer por dentro y fuera las *swab the deck*
embarcaciones.

Era también común a todos nosotros limpiar los alfanjes,
cañones y llaves de carabinas con 'tiestos de lozas° de China, *crockery vessels*
5 molidos cada tercero día, hacer meollar,° colchar cables, faulas y *string*
contrabrasas, hacer también cajetas, embregues y mojeles.⁶

Añadíase a esto ir al timón y pilar° el arroz que de continuo *degerm*
comían, habiendo precedido el remojarlo° para hacerlo harina, y *grinding*
hubo ocasión en que a cada uno se nos dieron once costales° de *sacks*
10 a dos arrobas° por tarea de un solo día con pena de azotes (que *about fifty pounds*
muchas veces toleramos) si se faltaba a ello.

Jamás en las turbonadas° que en tan prolija navegación *squalls*
experimentamos, aferraron° velas, nosotros éramos los que lo *furled*
hacíamos, siendo el galardón° ordinario de tanto riesgo crueles *reward*
15 azotes; o por no ejecutarlo con toda prisa o porque las velas,
como en semejantes frangentes° sucede, solían romperse. *misfortunes*

El sustento que se nos daba para que no nos faltasen las
fuerzas en tan continuo trabajo se reducía a una ganta° (que viene *three liters*
a ser un almud) de arroz, que se sancochaba° como se podía; *parboiled*
20 valiéndonos de agua de la mar en vez de la sal que les sobraba y
que jamás nos dieron; menos de un cuartillo de agua se repartía
a cada uno para cada día.

Carne, vino, aguardiente, bonga, ni otra alguna de las
muchas miniestras° que traían llegó a nuestras bocas, y teniendo *foodstufs*
25 cocos en grande copia, nos arrojaban sólo las cáscaras para hacer
bonote° que es limpiarlas y dejarlas como estopa° para calafatear° *fiber, burlap, plug up holes*
y cuando, por estar surgidos, los tenían frescos, les bebían el agua
y los arrojaban al mar.

Diéronnos en el último año de nuestra prisión el cargo
30 de la cocina, y no sólo contaban los pedazos de carne que
nos entregaban, sino que también los medían para que nada
comiésemos.

¡Notable crueldad y miseria es ésta! Pero no tiene
comparación a la que se sigue. Ocupáronnos también en hacerles
35 calzado de lona° y en coserles camisas y calzoncillos, y para ello se *canvas pants*
nos daban contadas y medidas las hebras° de hilo, y si por echar *threads*

---

6 **Faulas y**... *cords, reinforcement cables, to make also braids, boltropes, and anchor cables*

tal vez menudos los pespuntes, como querían, faltaba alguna,[7] correspondían a cada una que se añadía veinticinco azotes.

Tuve yo otro trabajo de que se privilegiaron mis compañeros y fue haberme obligado a ser barbero, y en este ejercicio me ocupaban todos los sábados sin descansar ni un breve rato, siguiéndosele a cada descuido de la navaja, y de ordinario eran muchos, por no saber científicamente su manejo, bofetadas crueles y muchos palos.

Todo cuanto aquí se ha dicho sucedía a bordo, porque sólo en Puliubi, y en la isla despoblada de la Nueva Holanda, para hacer agua y leña y para colchar un cable de bejuco, nos desembarcaron.

Si quisiera especificar particulares sucesos me dilatara mucho y con individuar uno u otro se discurrirán los que callo.[8]

Era para nosotros el día del lunes el más temido, porque haciendo un círculo de bejuco en torno de la mesana° y amarrándonos a él las siniestras° nos ponían en las derechas unos rebenques, y habiéndonos desnudado nos obligaban con puñales y pistolas a los pechos a que unos a otros nos azotásemos.

Era igual la vergüenza y el dolor que en ello teníamos al regocijo y aplauso con que lo festejaban.

No pudiendo asistir mi compañero Juan de Casas a la distribución del continuo trabajo que nos rendía, atribuyéndolo el capitán Bel a la que llamaba flojera, dijo que él lo curaría, y por modo fácil (perdóneme la decencia y el respeto que se debe a quien esto lee que lo refiera) redújose éste a hacerle beber, desleídos° en agua, los excrementos del mismo capitán, teniéndole puesto un cuchillo al cuello para acelerarle la muerte si le repugnasen, y como a tan no oída medicina se siguiesen grandes vómitos que le causó el asco, y con que accidentalmente recuperó la salud, desde luego nos la recetó, con aplauso de todos, para cuando por nuestras desdichas adoleciésemos.

Sufría yo todas estas cosas, porque por el amor que tenía a mi vida no podía más, y advirtiendo había días enteros que los pasaban borrachos, sentía no tener bastantes compañeros de

mizzen-mast

left hands

dissolved

---

7   **Y si...** *and if, by taking the little stitches that they wanted, we missed a few*

8   **Con individuar...** *by listing one or two, one can infer those that I leave out.*

quien valerme para matarlos y alzándome con la fragata irme a Manila; pero también puede ser que no me fiara de ellos, aunque los tuviera, por no haber otro español entre ellos sino Juan de Casas.

5   Un día que más que otro me embarazaba las acciones este pensamiento, llegándose a mí uno de los ingleses que se llamaba Cornelio, y gastando larga prosa para encargarme el secreto, me propuso si tendría valor para ayudarle con los míos a sublevarse.°   revolt

       Respondíle con gran recato; pero, asegurándome tenía ya
10   convencidos a algunos de los suyos (cuyos nombres dijo) para lo propio, consiguió de mí el que no le faltaría 'llegado el caso° pero   should it happen pactando primero lo que para mi seguro me pareció convenir.

       No fue ésta tentativa de Cornelio, sino realidad, y de hecho había algunos que se lo aplaudiesen, pero, por motivos que yo no
15   supe, desistió de ello.

       Persuádome a que él fue sin duda quien dio noticia al Capitán Bel de que yo y los míos lo querían matar, porque comenzaron a vivir de allí en adelante con más vigilancia, abocando° dos piezas   aiming cargadas de munición hacia la proa donde siempre estábamos, y
20   procediendo con gran cautela.

       No dejó de darme toda esta prevención de cosas grande cuidado y, preguntándole al condestable Nicpat, mi patrocinador, lo que lo causaba, no me respondió otra cosa sino que mirásemos yo y los míos cómo dormíamos.

25   Maldiciendo yo entonces la hora en que me habló Cornelio, me previne como mejor pude para la muerte. A la noche de este día amarrándome fuertemente contra la mesana, comenzaron a atormentarme para que confesase lo que acerca de querer alzarme con el navío tenía dispuesto.

30   Negué con la mayor constancia que pude y creo que a persuasiones del condestable me dejaron solo: llegóse éste entonces a mí y, asegurándome el que de ninguna manera peligraría si me fiase dél, después de referirle enteramente lo que me había pasado, desamarrándome, me llevó al camarote° del   stateroom
35   capitán.

       Hincado de rodillas en su presencia, dije lo que Cornelio me había propuesto.

       Espantado el capitán Bel con esta noticia, haciendo primero

el que en ella me ratificase con juramento, con amenaza de castigarme por no haberle dado cuenta de ello inmediatamente, me hizo cargo de traidor y de sedicioso.°   *mutinous*

Yo, con ruegos y lágrimas, y el condestable Nicpat con reverencias y súplicas, conseguimos que me absolviese, pero fue imponiéndome con pena de la vida que guardase el secreto.

No pasaron muchos días sin que de Cornelio y sus secuaces°   *followers* echasen mano, y fueron tales los azotes con que los castigaron que yo aseguro el que jamás se olviden de ellos mientras vivieren, y con la misma pena y otras mayores se les mandó el que ni conmigo ni con los míos se entrometiesen; prueba de la bondad de los azotes sea el que uno de los pacientes, que se llamaba Enrique, recogió cuanto en plata, oro y diamantes le había cabido y, quizás receloso de otro castigo, se quedó en la isla de San Lorenzo, sin que valiesen cuantas diligencias hizo el capitán Bel para recobrarlo.

Ilación es, y necesaria, de cuanto aquí se ha dicho[9], poder competir estos piratas en crueldad y abominaciones a cuantos 'en la primera plana de este ejercicio° tienen sus nombres, pero creo   *experts in piracy* el que no hubieran sido tan malos como para nosotros lo fueron, si no estuviera con ellos un español que se preciaba de sevillano y se llamaba Miguel.

No hubo trabajo intolerable en que nos pusiesen, no hubo ocasión alguna en que nos maltratasen, no hubo hambre que padeciésemos, ni riesgo de la vida en que peligrásemos, que no viniese por su mano y su dirección, 'haciendo gala de° mostrarse   *making a show of* impío y abandonado lo católico en que nació por vivir pirata y morir hereje.

Acompañaba a los ingleses, y esto era para mi y para los míos lo más sensible° cuando se ponían de fiesta, que eran las Pascuas   *deplorable* de Navidad y los domingos del año, leyendo o rezando lo que ellos en sus propios libros.

Alúmbrele Dios el entendimiento, para que, enmendando su vida, consiga el perdón de sus iniquidades.

---

9   **Ilación es...** *It is a necessary inference from what I have said here*

Navega Alonso Ramírez y sus compañeros sin saber dónde estaban ni la parte a que iban; dícense los trabajos y sustos que padecieron hasta varar tierra.

V

BASTA DE ESTOS TRABAJOS, que aun para leídos son muchos, por pasar a otros de diversa especie.

No sabía yo ni mis compañeros el paraje en que nos hallábamos ni el término que tendría nuestro viaje, porque ni entendía el derrotero holandés, ni teníamos Carta que entre tantas confusiones nos sirviera de algo, y para todos era aquélla la vez primera que allí nos veíamos.

En estas dudas, haciendo refleja a la sentencia que nos habían dado de muerte si segunda vez nos aprisionaban, cogiendo la vuelta del Oeste, me hice a la mar.

A los seis días sin haber mudado la derrota, avistamos tierra que parecía firme por lo tendido° y alta, y poniendo la proa al Oesnoroeste, me hallé el día siguiente a la madrugada sobre tres islas de poco ámbito.°

Acompañado de Juan de Casas en un cayuco° pequeño que en la fragata había, salí a una de ellas, donde se hallaron pájaros, tabones° y bobos° y, trayendo grandísima cantidad de ellos para cenizarlos, me vine a bordo.

Arrimándonos° a la costa, proseguimos por el largo de ella, y a los diez días se descubrió una isla y al parecer grande; eran entonces las seis de la mañana, y a la misma hora se nos dejó ver una armada de hasta veinte velas de varios portes° y, echando bandera inglesa, me llamaron con una pieza.

Dudando si llegaría, discurrí el que, viendo a mi bordo cosas de ingleses, quizás no me creerían la relación que les diese, sino que presumirían había yo muerto a los dueños de la fragata y que andaba fugitivo por aquellos mares, y, aunque con turbonada que empezó a entrar, juzgando me la enviaba Dios para mi escape,

extended

boundary

canoe

gulls, river fish

hugging

tonnages

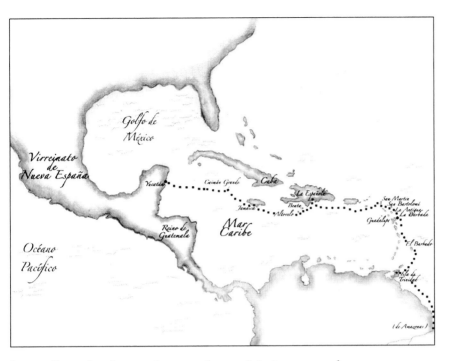

largué 'las velas de gavia° y con el aparejo° siempre en la mano   topsails, rigging
(cosa que no se atrevió a hacer ninguna de las naos inglesas),
escapé con la proa al Norte caminando todo aquel día y noche
sin mudar derrota.

Al día siguiente volví la vuelta del Oeste a proseguir mi
camino, y al otro, por la parte del Leste, tomé una isla.

Estando ya sobre ella, se nos acercó una canoa con seis
hombres a reconocernos y, apenas supieron de nosotros ser
españoles y nosotros de ellos que eran ingleses, cuando corriendo
por nuestros cuerpos un sudor frío, determinamos morir primero
de hambre entre las olas que no exponernos otra vez a tolerar
impiedades.

Dijeron que si queríamos comerciar hallaríamos allí azúcar,
tinta, tabaco y otros buenos géneros.

Respondíles que eso queríamos y, atribuyendo a que era tarde
para poder entrar, con el pretexto de 'estarme a la capa° aquella   staying in one place
noche y con asegurarles también el que tomaríamos puerto al
siguiente día, se despidieron y, poniendo luego al instante la proa
al Leste, me salí a la mar.

Ignorantes de aquellos parajes y persuadidos a que no

hallaríamos sino ingleses donde llegásemos, no cabía en mi ni en mis compañeros consuelo alguno, y más viendo que el bastimento se iba acabando, y que, si no fuera por algunos aguaceros en que cogimos alguna, absolutamente nos faltara el agua.

Al Leste, como dije, y al Lesnordeste corrí tres días y después cambié la proa al Noroeste, y, gobernando a esta parte seis días continuos, llegué a una isla alta y grande, y, acercándome por una punta que tiene al Leste a reconocerla, salió de ella una lancha con siete hombres para nosotros.

Sabiendo de mí ser español y que buscaba agua y leña y algún bastimento, me dijeron ser aquella isla de Guadalupe, donde vivían franceses y que con licencia del gobernador (que daría sin repugnancia) podría provisionarme en ella de cuanto necesitase y que si también quería negociación no faltaría forma, como no les faltaba a algunos que allí llegaban.

Dije que sí entraría pero que no sabía por dónde por no tener Carta ni práctico° que me guiase y que me dijesen en qué parte del mundo nos hallábamos.

Hízoles notable fuerza el oírme esto e, instándome que de dónde había salido y para qué parte, arrepentido inmediatamente de la pregunta, sin responderles a propósito, me despedí.

No se espante quien esto leyere de la ignorancia en que estábamos de aquellas islas porque, habiendo salido de mi patria de tan poca edad, nunca supe (ni cuidé de ello después) qué islas son circunvecinas y cuáles sus nombres; menos razón había para que Juan de Casas, siendo natural de la Puebla, en lo mediterráneo° de la Nueva España, supiese de ellas, y con más razón militaba lo propio en los compañeros restantes,[1] siendo todos originarios de la India oriental donde no tienen necesidad de noticia que les importe de aquellos mares; pero, no obstante, bien presumía yo el que era parte de la América en la que nos hallábamos.

Antes de apartarme de allí les propuse a mis compañeros el que me parecía imposible tolerar más, porque ya, para los continuos trabajos en que nos víamos, nos faltaban fuerzas, con circunstancia de que los bastimentos eran muy pocos, y que, pues los franceses eran católicos, surgiésemos a merced suya en aquella isla, persuadidos que, haciéndoles relación de nuestros

pilot

landlocked

---

1   **Y con...** *and even less awareness than he had the other companions*

infortunios, les obligaría la piedad cristiana a patrocinarnos.

Opusiéronse a este dictamen mío con grande esfuerzo, siendo el motivo el que a ellos por su color, y por no ser españoles, los harían esclavos y que les sería menos sensible el que yo con mis manos los echase al mar, que ponerse en las de extranjeros para experimentar sus rigores.°   severity

Por no contristarlos, sintiendo más sus desconsuelos que los míos, mareé la vuelta del Norte todo el día, y el siguiente al Nornordeste, y por esta derrota a los tres días di vista a una isla, y de allí, habiéndola montado por la banda del Sur, y dejando otra por la babor° después de dos días que fuimos al Noroeste y al   port side Oesnoroeste, me hallé cercado de islotes entre dos grandes islas.

Costóme notable cuidado salir de aquí por el mucho mar y viento que hacía y, corriendo con sólo el trinquete° para el Oeste,   foresail después de tres días descubrí una isla grandísima, alta y montuosa; pero, habiendo amanecido cosa de seis leguas sotaventando de ella para la parte del Sur, nunca me dio lugar el tiempo para cogerla, aunque guiñé al Noroeste.

Gastados poco más de otros tres días sin rematarla°   passing it reconocidos dos islotes, eché al Sudoeste y, después de un día sin notar cosa alguna ni avistar tierra, para granjear lo perdido, volví al Noroeste.

Al segundo día de esta derrota descubrí y me acerqué a una isla grande; vide en ella, a cuanto permitió la distancia, un puerto con algunos cayuelos° fuera y muchas embarcaciones adentro.   islands

Apenas vide que salían de entre ellas dos balandras° con   sloops bandera inglesa para reconocerme, 'cargando todo el paño° me   with full sails atravesé a esperarlas, pero, por esta acción o por otro motivo que ellos tendrían, no atreviéndose a llegar cerca, se retiraron al puerto. Proseguí mi camino y, para montar una punta que salía por la proa, goberné al Sur, y, montada muy para afuera, volví al Oeste y al Oesnoroeste, hasta que a los dos días y medio llegué a una isla como de cinco o seis leguas de largo, pero de poca altura, de donde salió para mí una balandra con bandera inglesa.

A punto cargué el paño y me atravesé, pero, después de haberme cogido el barlovento, reconociéndome por la popa y muy despacio, se volvió a la isla.

Llámela disparando una pieza sin bala, pero no hizo caso.

No haber llegado a esta isla, ni arrojándome al puerto de la antecedente era a instancias y lágrimas de mis compañeros, a quienes apenas vían cosa que tocase a inglés cuando al instante les faltaba el espíritu y se quedaban como azogados° por largo **agitated**
5 rato.

De pechado entonces de mí mismo y determinado a no hacer caso en lo venidero de sus sollozos° supuesto que no comíamos **sobs** sino lo que pescábamos, y la provisión de agua era tan poca que se reducía a un barril pequeño y a dos tinajas, deseando dar en
10 cualquiera tierra para (aunque fuese poblada de ingleses) varar en ella, navegué ocho días al Oeste y al Oesudueste, y a las ocho de la mañana de aquel en que a nuestra infructuosa y vaga navegación se le puso término (por estar ya casi sobre él), reconocí un muy prolongado bajo de arena y piedra, no manifestando el susto que
15 me causó su vista, orillándome a él como mejor se pudo, por una quebrada que hacía lo atravesé, sin que hasta las cinco de la tarde se descubriese tierra.

Viendo su cercanía, que, por ser en extremo baja, y no haberla por eso divisado, era ya mucha, antes que se llegase la noche, hice
20 subir al tope por si se descubría otro bajo de que guardarnos y, manteniéndome a bordos lo que quedó del día, poco después de anochecer di fondo en cuatro brazas y sobre piedras.

Fue esto con solo un anclote° por no haber más, y con un **small anchor** pedazo de cable de cáñamo° de hasta diez brazas ajustado a otro **hemp**
25 de bejuco (y fue el que colchamos en Poliubí) que tenía sesenta, y por ser el anclote (mejor lo llamara rezón° tan pequeño que sólo **grappling hook** podría servir para una chata° lo ayudé con una pieza de artillería **flat-bottomed boat** entalingada° con un cable de guamutil° de cincuenta brazas. **secured, plant fiber**

Crecía el viento al peso de la noche y con gran pujanza° y, por **strength**
30 esto y por las piedras del fondo, poco después de las cinco de la mañana se rompieron los cables.

Viéndome perdido, 'mareé todo el paño° luego al instante, **I trimmed the sails** por ver si podía montar una punta que tenía a la vista; pero era la corriente tan en extremo furiosa, que no nos dio lugar ni tiempo
35 para poder orzar° con que, arribando más y más y sin resistencia, **aim toward the wind** quedamos varados entre múcaras° en la misma punta. **shoals**

Era tanta la mar y los golpes que daba el navío tan espantosos, que no sólo a mis compañeros, sino aun a mí que ansiosamente deseaba aquel suceso para salir a tierra, me dejó confuso, y más hallándome sin lancha para escaparlos.

Quebrábanse las olas, no sólo en la punta sobre que estábamos, sino en lo que se vía de la costa con grandes golpes, y, a cada uno de los que a correspondencia daba el navío, pensábamos que se abría y nos tragaba el abismo.

Considerando el peligro en la dilación, haciendo fervorosos actos de contrición y queriendo merecerle a Dios su misericordia sacrificándole mi vida por la de aquellos pobres, ciñéndome° un cabo delgado para que lo fuesen largando, me arrojé al agua.

Quiso concederme su piedad el que llegase a tierra donde lo hice firme y, sirviendo de andarivel° a los que no sabían nadar, convencidos de no ser tan difícil el tránsito como se lo pintaba el miedo, conseguí el que (no sin peligro manifiesto de ahogarse dos) a más de media tarde estuviesen salvos.

tying to myself

ferry

Sed, hambre, enfermedades, muertes con que fueron atribulados en esta costa: hallan inopinadamente° gente católica y saben estar en tierra firme de Yucatán en la Septentrional° América.

° unexpectedly

° north

5

VI

TENDRÍA DE ÁMBITO° LA peña° que terminaba esta punta como doscientos pasos y por todas partes la cercaba el mar, y aun, tal vez por la violencia con que la hería° se derramaba° por toda ella con grande ímpetu.

° area, cliff

° crashed into

° splashed

10 No tenía árbol ni cosa alguna a cuyo abrigo pudiésemos repararnos contra el viento, que soplaba vehementísimo y destemplado; pero, haciéndole a Dios nuestro Señor repetidas súplicas y promesas, y persuadidos a que estábamos en parte donde jamás saldríamos, se pasó la noche.

15 Perseveró el viento, y por el consiguiente no se sosegó el mar hasta de allí a tres días; pero, no obstante, después de haber amanecido, reconociendo su cercanía, nos cambiamos a tierra firme, que distaría de nosotros como cien pasos, y no pasaba de la cintura el agua donde más hondo.

20 Estando todos muertos de sed y no habiendo agua dulce en cuanto se pudo reconocer en algún espacio, posponiendo mi riesgo al alivio y conveniencia de aquellos míseros, determiné ir a bordo y, encomendándome con todo afecto a María Santísima de Guadalupe, me arrojé al mar y llegué al navío, de donde saqué

25 un hacha para cortar y cuanto me pareció necesario para hacer fuego.

Hice segundo viaje, y a empellones° o por mejor decir, milagrosamente, puse un barrilete° de agua en la misma playa, y, no atreviéndome aquel día a tercer viaje, después que apagamos

° roughly

° keg

30 todos nuestra ardiente sed, hice que comenzasen los más fuertes a destrozar palmas de las muchas que allí había, para comer los cogollos° y, encendiendo candela, se pasó la noche.

° hearts

Halláronse el día siguiente unos charcos de agua (aunque algo salobre° entre aquellas palmas, y, mientras se congratulaban los compañeros por este hallazgo, acompañándome Juan de Casas, pasé al navío, de donde, en el cuyuco que allí traíamos (siempre con riesgo por el mucho mar y la vehemencia del viento) sacamos a tierra el velacho, las dos velas del trinquete° y gavia° y pedazos de otras.

salty

foresail, topsail

Sacamos también escopetas, pólvora y municiones y cuanto nos pareció por entonces más necesario para cualquier accidente.

Dispuesta una barraca° en que cómodamente cabíamos todos, no sabiendo a qué parte de la costa se había de caminar para buscar gente, elegí sin motivo especial la que corre al Sur. Yendo conmigo Juan de Casas, y después de haber caminado aquel día como cuatro leguas, matamos dos puercos monteses° y, escrupulizando el que se perdiese aquella carne en tanta necesidad,[1] cargamos con ellos para que los lograsen los campañeros.

hut

wild

Repetimos lo andado a la mañana siguiente hasta llegar a un río de agua salada, cuya ancha y profunda boca nos atajó los pasos, y, aunque por haber descubierto unos ranchos antiquísimos hechos de paja, estábamos persuadidos a que dentro de breve se hallaría gente, con la imposibilidad de pasar adelante, después de

---

1   **Escrupulizando el...** *not wanting to let that meat go to waste in such a state of necessity*

cuatro días de trabajo nos volvimos tristes.

Hallé a los compañeros con mucho mayores aflicciones que las que yo traía, porque los charcos de donde se proveían de agua se iban secando, y todos estaban tan hinchados que parecían 5 hidrópicos.°   *dropsical*

Al segundo día de mi llegada se acabó el agua, y, aunque 'por el término de cinco° se hicieron cuantas diligencias nos dictó la   *for five days* necesidad para conseguirla, excedía a la de la mar en la amargura la que se hallaba.

10 A la noche del quinto día, postrados todos en tierra, y más con los afectos que con las voces, por sernos imposible el articularlas, le pedimos a la Santísima Virgen de Guadalupe el que, pues era fuente de aguas vivas para sus devotos, compadeciéndose de los que ya casi agonizábamos con la muerte, nos socorriese como a 15 hijos, protestando no apartar jamás de nuestra memoria, para agradecérselo, beneficio tanto. Bien sabéis, madre y señora mía amantísima, el que así pasó.

Antes que se acabase la súplica, viniendo por el Sueste la turbonada, cayó un aguacero tan copioso sobre nosotros, que, 20 refrigerando los cuerpos y dejándonos en el cayuco y en cuantas vasijas allí teníamos provisión bastante, nos dio las vidas.

Era aquel sitio no sólo estéril y falto de agua, sino muy enfermo, y aunque así lo reconocían los compañeros, temiendo morir en el camino, no había modo de convencerlos para que 25 lo dejásemos; pero quiso Dios que lo que no recabaron° mis   *managed to achieve* súplicas, lo consiguieron los mosquitos (que también allí había) con su molestia, y ellos eran, sin duda alguna, los que, en parte, les habían causado las hinchazones que he dicho con sus picadas.

Treinta días se pasaron en aquel puesto comiendo 30 chachalacas,° palmitos° y algún marisco, y, antes de salir de él, por   *wild pheasants, hearts* no omitir diligencia, pasé al navío que hasta entonces no se había   *of palm* escatimado° y, cargando con bala toda la artillería, la disparé dos   *emptied* veces.

Fue mi intento el que, si acaso había gente la tierra adentro, 35 podía ser que les moviese el estruendo a saber la causa, y que, acudiendo° allí, se acabasen nuestros trabajos con su venida.   *responding*

Con esta esperanza me mantuve hasta el siguiente día en cuya noche (no sé cómo), tomando fuego un cartucho de a diez que tenía en la mano, no sólo me la abrasó, sino que me maltrató un muslo, parte del pecho, toda la cara y me voló el cabello.[2]

Curado como mejor se pudo con ungüento° blanco que en la caja de medicina que me dejó el condestable se había hallado, y a la subsecuente mañana, dándoles a los compañeros el aliento° de que yo más que ellos necesitaba, salí de allí.

Quedóse (ojalá la pudiéramos haber traído con nosotros, aunque fuera 'a cuestas° por lo que en adelante diré), quedóse, digo, la fragata, que, en pago de lo mucho que yo y los míos servimos a los ingleses, nos dieron graciosamente.

Era (y no sé si todavía lo es) de treinta y tres codos de quilla y con tres aforros,° los palos y vergas° de excelentísimo pino, la fábrica toda de lindo gálibo° y tanto, que corría ochenta leguas por singladura con viento fresco; quedáronse en ella y en las playas nueve piezas de artillería de hierro con más de dos mil balas de a cuatro, de a seis y de a diez,[3] y todas de plomo,° 'cien quintales° por lo menos, de este metal, cincuenta barras de estaño,° 'sesenta arrobas° de hierro, ochenta barras de cobre del Japón, muchas tinajas de la China, siete colmillos° de elefante, tres barriles de pólvora, cuarenta cañones de escopeta, diez llaves, una caja de medicinas y muchas herramientas de cirujano.

Bien provisionados de pólvora y municiones y no otra cosa, y cada uno de nosotros con escopeta, comenzamos a caminar por la misma marina° la vuelta del Norte, pero con mucho espacio por la debilidad y flaqueza de los compañeros, y en llegar a un arroyo de agua dulce, pero bermeja° que distaría del primer sitio menos de cuatro leguas, se pasaron dos días.

La consideración de que a este paso sólo podíamos acercarnos a la muerte, y con mucha prisa, me obligó a que, valiéndome de las más suaves palabras que me dictó el cariño, les propusiese el que, pues ya no les podía faltar el agua, y, como víamos, acudía allí mucha volatería que les aseguraba el sustento,[4] tuviesen a bien el que, acompañado de Juan de Casas, me adelantase hasta

salve

encouragement

on our shoulders

cables, ship beams
form

lead, 11 tons

tin
about 1520 lbs
tusks

shoreline

reddish

---

2   **No sólo**... *not only did it burn up my hand, but it also damaged one or my thighs, part of my chest, my whole face, and blew my hair off*

3   **Con más**... *with more than two thousand balls of four, six, and ten inches*

4   **Acudía allí**... *there were lots of flying fowl there, ensuring that they would have enough to eat*

hallar poblado, de donde protestaba° volverla cargado de refresco para sacarlos de allí.   *I promised*

Respondieron a esta proposición con tan lastimeras voces y copiosas lágrimas, que me las sacaron de lo más tierno del corazón en mayor raudal.⁵

Abrazándose de mí, me pedían con mil amsores y ternuras que no les desamparase, y que, pareciendo imposible en lo natural poder vivir el más robusto, ni aun cuatro días, siendo la demora tan corta, quisiese, como padre que era de todos, darles mi bendición en sus postreras boqueadas ⁶ y que después prosiguiese, muy enhorabuena, a buscar el descanso que a ellos les negaba su infelicidad y desventura en tan extraños climas.

Convenciéronme sus lágrimas a que así lo hiciese; pero pasados seis días sin que mejorasen, reconociendo el que yo me iba hinchando y que mi falta les aceleraría la muerte, temiendo ante todas cosas la mía, conseguí el que, aunque fuese muy a poco a poco se prosiguiese el viaje.

Iba yo y Juan de Casas descubriendo lo que habían de caminar los que me seguían y era el último, como más enfermo, Francisco de la Cruz, sangley, a quien desde el trato de cuerda que le dieron los ingleses antes de llegar a Caponiz, le sobrevinieron mil males, siendo el que ahora le quitó la vida dos hinchazones en los pechos y otra en el medio de las espaldas que le llegaba al cerebro.

Habiendo caminado como una legua, hicimos alto y siendo la llegada de cada uno según sus fuerzas; a más de las nueve de la noche no estaban juntos, porque este Francisco de la Cruz aun no había llegado.

En espera suya se pasó la noche y, dándole orden a Juan de Casas que prosiguiera el camino antes que amaneciese, volví en su busca; hallélo a cosa de media legua, ya casi boqueando° pero en su sentido.   *at his last breath*

Deshecho en lágrimas y con mal articuladas razones° porque me las embargaba° el sentimiento, le dije lo que, para que muriese   *phrases* *to paralyze*

---

5   **Que me...** *that they drew my own tears out from the most tender place in my heart in an even greater torrent*

6   **Siendo la...** *with the delay (until their deaths) being so short, that I, as father to them all, should want to give them my blessing when they drew their last breaths*

conformándose con la voluntad de Dios y en gracia suya, me pareció a propósito y poco antes del mediodía rindió el espíritu.

Pasadas como dos horas hice un profundo hoyo en la misma arena y, pidiéndole a la divina majestad el descanso de su alma, lo sepulté y, levantando una cruz (hecha de dos toscos maderos) en aquel lugar, me volví a los míos.

Halléos alojados° delante de donde habían salido como otra legua y a Antonio González, el otro sangley, casi moribundo, y, no habiendo regalo° que poder hacerle ni medicina alguna con que esforzarlo, estándolo consolando, o de triste, o de cansado, me quedé dormido, y, despertándome el cuidado a muy breve rato, lo hallé difunto.

Dímosle sepultura entre todos el siguiente día y, tomando por asunto una y otra muerte, los exhorté a que caminásemos cuanto más pudiésemos, persuadidos a que así sólo se salvarían las vidas.

Anduviéronse aquel día como tres leguas y en los tres siguientes se granjearon quince, y fue la causa que con el ejercicio del caminar, al paso que se sudaba, se revolvían° las hinchazones y se nos aumentaban las fuerzas.

Hallóse aquí un río de agua salada muy poco ancho y en extremo hondo y, aunque retardó por todo un día un manglar° muy espeso el llegar a él, reconocido después de sondarlo faltarle vado,° con palmas que se cortaron se le hizo puente y se fue adelante, sin que el hallarme en esta ocasión con calentura° me fuese estorbo.

Al segundo día que allí salimos, yendo yo y Juan de Casas precediendo a todos, atravesó por el camino que llevábamos un disforme oso y, no obstante el haberlo herido con la escopeta, se vino para mí y, aunque me defendía yo con el mocho° como mejor podía, siendo pocas mis fuerzas y las suyas muchas, a no acudir a ayudarme mi compañero, me hubiera muerto; dejámoslo allí tendido y 'se pasó de largo.°

Después de cinco días de este suceso llegamos a una punta de piedra, de donde me parecía imposible pasar con vida por lo mucho que me había postrado la calentura, y ya entonces estaban notablemente recobrados todos, por mejor decir, con salud perfecta.

Margin glosses:
stationed
comfort
moved
mangrove swamp
ford
fever
butt of a gun
continued on our way

'Hecha mansión° y mientras entraban en el monte adentro a   paused
buscar comida, me recogí a un rancho, que con una manta que
llevábamos al abrigo de una peña me habían hecho,[7] y quedó en
guarda mi esclavo Pedro.

⁵   Entre las muchas imaginaciones que me ofreció el desconsuelo,
en esta ocasión fue la más molesta el que sin duda estaba en las
costas de la Florida en la América, y que, siendo cruelísimos en
extremo sus habitadores, por último habíamos de reunir las vidas
en sus sangrientas manos.

¹⁰   Interrumpióme estos discursos mi muchacho con grandes
gritos, diciéndome que descubría gente por la costa y que venía
desnuda.

Levantéme asustado y, tomando en la mano la escopeta, me
salí fuera y, encubierto de la peña a cuyo abrigo estaba, reconocí
¹⁵ dos hombres desnudos con cargas pequeñas a las espaldas y,
haciendo ademanes con la cabeza como quien busca algo, no me
pesó de que viniesen sin armas y, por estar ya a tiro mío, les salí
al encuentro.

Turbados ellos mucho más sin comparación que lo que yo lo
²⁰ estaba, lo mismo fue verme que arrodillarse y, puestas las manos,
comenzaron a dar voces en castellano y a pedir cuartel.

Arrojé yo la escopeta y, llegándome a ellos, los abracé y
respondiéronme a las preguntas que inmediatamente les hice;
dijéronme que eran católicos y que, acompañando a su amo que
²⁵ venía atrás y se llamaba Juan González y era vecino del pueblo de
Tejosuco, andaban por aquellas playas buscando ámbar; dijeron
también el que era aquella costa la que llamaban de Bacalal en la
provincia de Yucatán.

Siguióse a estas noticias tan en extremo alegres, y más en
³⁰ ocasión en que la vehemencia de mi tristeza me ideaba muerto
entre gentes bárbaras,[8] el darle a Dios y a su santísima Madre
repetidas gracias y, disparando tres veces, que era contraseña°   signal
para que acudiesen los compañeros, con su venida, que fue inmediata
y acelerada, fue común entre todos el regocijo.

---

7   **Me recogí...** *I retired in the camp that they had made me in the
shelter of a cliff out of a blanket that we carried*
8   **Y más...** *and even moreso considering that the power of my sorrows
had had me imagining myself dead among barbarians*

No satisfechos de nosotros los yucatecos, dudando si seríamos de los piratas ingleses y franceses que por allí discurren° sacaron de lo que llevaban en sus mochilas para que comiésemos y, dándoles (no tanto por retorno° cuanto porque depusiesen el miedo que en ellos víamos) dos de nuestras escopetas, no las quisieron.

A breve rato nos avistó su amo porque venía siguiendo a sus indios con pasos lentos y, reconociendo el que quería volver aceleradamente atrás para meterse en lo más espeso del monte, donde no sería fácil el que lo hallásemos, quedando en rehenes° uno de sus dos indios, fue el otro a persuasiones y súplicas nuestras a asegurarlo.

Después de una larga plática que entre sí tuvieron, vino, aunque con sobresalto y recelo según por el rostro se le advertía y en sus palabras se denotaba, a nuestra presencia; y hablándole yo con grande benevolencia y cariño y haciéndole una relación pequeña de mis trabajos grandes, entregándole todas nuestras armas para que depusiese el miedo con que lo víamos, conseguí el que se quedase con nosotros aquella noche, para salir a la mañana siguiente donde quisiese llevarnos.

Díjonos, entre varias cosas que se parlaron, le agradeciésemos a Dios por merced muy suya, el que no me hubiesen visto sus indios primero, y 'a largo trecho° porque si, teniéndonos por piratas se retiraran al monte para guarecerse° en su espesura, jamás saldríamos de aquel paraje inculto y solitario, porque nos faltaba embarcación para conseguirlo.

Glosses (right margin):
- roam
- barter
- hostage
- from long distance
- take refuge

Pasan a Tejosuco, de allí a Valladolid, donde experimentan molestias; llegan a Mérida; vuelve Alonso Ramírez a Valladolid, y son aquéllas mayores. Causa por que vino a México y lo que de ello resulta.

VII

5

S I A OTROS HA muerto un no esperado júbilo,[1] a mí me quitó la calentura, el que ya se puede discurrir si sería grande; libre, pues, de ella, salimos de allí cuando rompía el día y, después de haber andado por la playa de la ensenada

10 una legua, llegamos a un puertecillo donde tenían varada una canoa que habían pasado; entramos en ella y, quejándonos todos de mucha sed, haciéndonos desembarcar en una pequeña isla de las muchas que allí se hacen, a que viraron luego, hallamos un edificio, al parecer antiquísimo, compuesto de solas cuatro

15 paredes y en el medio de cada una de ellas una pequeña puerta y a correspondencia° otra, en el medio, de mayor altura (sería la de las paredes de afuera como 'tres estados.°   opposite / three men high

Vimos también allí cerca unos pozos hechos a mano y llenos de excelente agua. Después que bebimos hasta quedar satisfechos,

20 admirados de que en un islote que bojeaba° doscientos pasos se   had a circumference of hallase agua, y con las circunstancias del edificio que tengo dicho, supe el que no sólo éste, sino otros que se hallan en partes de aquella provincia, y mucho mayores, fueron fábrica de gentes que, muchos siglos antes que la conquistaran los españoles, vinieron

25 a ella.

Prosiguiendo nuestro viaje, a cosa de las nueve del día se divisó una canoa de mucho porte. Asegurándonos la vela que traían (que se reconoció ser de petate° o estera° que todo es uno),   bedding, matting no ser piratas ingleses como se presumió, me propuso Juan

30 González el que les embistiésemos° y los apresásemos.   assail

Era el motivo que para cohonestarlos se le ofreció el que eran

---

1   **Si a...** *if others have been killed by an unexpected joy*

78

indios gentiles de la Sierra los que en ella iban,[2] y que, llevándolos
al cura de su pueblo para que los catequizase, como cada día lo
hacía con otros, le haríamos con ello un estimable obsequio° a
que se añadía el que, habiendo traído bastimentos para solos tres,
siendo ya nueve los que allí ya íbamos y muchos los días que sin
esperanza de hallar comida habíamos de consumir para llegar a
poblado, podíamos, y aun debíamos, valernos de los que sin duda
llevaban los indios.

courtesy

Parecióme conforme a razón lo que proponía y a vela y remo
les dimos caza. Eran catorce las personas (sin unos muchachos)
que en la canoa iban y, habiendo hecho poderosa resistencia
disparando sobre nosotros lluvias de flechas, atemorizados de los
tiros de escopeta, que, aunque eran muy continuos y espantosos,
iban sin balas, porque, siendo impiedad matar a aquellos pobres
sin que nos hubiesen ofendido, ni aun levemente, di rigurosa
orden a los míos de que fuese así.

---

2   **Era el...** *The motivation that was offered to justify their capture was
that the indians travelling in the canoe were heathens from the mountains*

Después de haberles abordado, le hablaron a Juan González, que entendía su lengua y, prometiéndole un pedazo de ámbar que pesaría dos libras y cuanto maíz quisiésemos del que allí llevaban, le pidieron la libertad.

Propúsome el que, si así me parecía, se les concediese y, desagradándome° el que más se apeteciese el ámbar que la reducción de aquellos miserables gentiles al gremio° de la iglesia católica, como me insinuaron, no vine° en ello.

displeasing me

guild

I did not agree

Guardóse Juan González el ámbar y, amarradas las canoas y asegurados los prisioneros, proseguimos nuestra derrota hasta que atravesada la ensenada, ya casi entrada la noche, saltamos en tierra.

Gastóse el día siguiente en moler maíz y disponer bastimento para los seis que dijeron habíamos de tardar para pasar el monte, y, echando por delante a los indios con la provisión, comenzamos a caminar; a la noche de este día, queriendo sacar lumbre° con mi escopeta, no pensando estar cargada y no poniendo por esta inadvertencia el cuidado que se debía, saliéndoseme de las manos y lastimándome el pecho y la cabeza, con el no prevenido golpe, se me quitó el sentido.[3]

fire

No volví en mi acuerdo hasta que cerca de medianoche comenzó a caer sobre nosotros tan poderoso aguacero que, inundando el paraje en que nos alojamos y pasando casi por la cintura la avenida° que fue improvisa, perdimos la mayor parte del bastimento y toda la pólvora, menos la que tenía en mi granel.

flood

Con esta incomodidad y llevándome cargado los indios, porque no podía moverme, dejándonos a sus dos criados para que nos guiasen, y habiéndose Juan González adelantado, así para solicitamos algún refresco como para noticiar a los indios de los pueblos inmediatos, adonde habíamos de ir, el que no éramos piratas, como podían pensar, sino hombres perdidos que íbamos a su amparo, proseguimos por el monte nuestro camino, sin un indio y una india de los gentiles que, valiéndose del aguacero, se nos huyeron: pasamos excesiva hambre, hasta que, dando en un platanal,° no sólo comimos hasta satisfacernos, sino que, proveídos de plátanos asados, se pasó adelante.

plantain grove

Noticiado por Juan González el beneficiado° de Tejozuco

priest

---

3   **Se me...** *I was knocked senseless*

(de quien ya diré) de nuestros infortunios, nos despachó al camino un muy buen refresco y, fortalecidos con él, llegamos al día siguiente a un pueblo de su feligresía° que dista como una parish legua de la cabecera y se nombra Tila, donde hallamos gente de parte suya, que con un regalo de chocolate y comida espléndida nos esperaba.

Allí nos detuvimos hasta que llegaron caballos en que montamos y, rodeados de indios que salían a vernos como cosa rara, llegamos al pueblo de Tejozuco como a las nueve del día.

Es pueblo no sólo grande, sino delicioso y ameno° asisten en pleasant él muchos españoles y, entre ellos, D. Melchor Pacheco,[4] a quien acuden los indios como a su encomendero.° commissioner

La iglesia parroquial se forma de tres naves, y está adornada con excelentes altares y cuida de ella como su cura beneficiado el licenciado D. Cristóbal de Muros, a quien jamás pagaré dignamente lo que le debo, y para cuya alabanza me faltan voces.

Saliónos a recibir con el cariño de Padre y, conduciéndonos a la iglesia, nos ayudó a dar a Dios Nuestro Señor las debidas gracias por habernos sacado de la opresión tirana de los ingleses, de los peligros en que nos vimos por tantos mares y de los que últimamente toleramos en aquellas costas, y, acabada nuestra oración, acompañados de todo el pueblo, nos llevó a su casa.

En ocho días que allí estuvimos, a mí y a Juan de Casas nos dio su mesa abastecida° de todo, y desde ella enviaba siempre sus provided platos a diferentes pobres.

Acudióseles también y a proporción de lo que con nosotros se hacía,[5] no sólo a los compañeros sino a los indios gentiles, en abundancia.

Repartió éstos (después de haberlos vestido) entre otros que ya tenía bautizados de los de su nación para catequizarlos; disponiéndonos para la confesión de que estuvimos imposibilitados por tanto tiempo, oyéndonos con la paciencia y cariño que nunca he visto, conseguimos el día de Santa Catalina[6]

---

4   Melchor Pacheco: Mayor beginning in 1701. Descendant of Gaspar Pacheco, notorious conquistador of the Yucatan.

5   **Acudióseles también...** *in proportion to what was done for us, not only my companions but also the Indian savages were attended to with abundance*

6   **El día...** *April 30*

que nos comulgase.° gave us communion

    En el ínterin que esto pasaba, notició a los alcaldes de la Villa de Valladolid (en cuya comarca cae aquel pueblo) de lo sucedido y, dándonos Carta así para ellos como para el guardián de la
5 Vicaría de Tixcacal, que nos recibió con notable amor, salimos de Tejozuco para la villa con su beneplácito.° approval

    Encontrónos en este pueblo de Tixcacal un sargento que remitían los alcaldes para que nos condujese y, en llegando a la villa y a su presencia, les di Carta.

10   Eran dos estos alcaldes como en todas partes se usa; llámase el uno D. Francisco de Zelerun, hombre a lo que me pareció poco entremetido y de muy buena intención, y el otro D. Ziphirino de Castro.

    No puedo proseguir sin referir un donosísimo° cuento que hilarious
15 aquí pasó. Sabiéndose, porque yo se lo había dicho a quien lo preguntaba, ser esclavo mío el negrillo Pedro, esperando uno de los que me habían examinado a que estuviese solo, llegándose a mí y echándome los brazos al cuello, me dijo así:

    "¿Es posible, amigo y querido paisano mío, que os ven mis
20 ojos? ¡Oh, cuántas veces se me han anegado° en lágrimas al drowned
acordarme de vos! ¡Quién me dijera que os había de ver en tanta miseria! Abrazadme recio, mitad de mi alma, y dadle gracias a Dios de que esté yo aquí."

    Pregunté le quién era y cómo se llamaba, porque de ninguna
25 manera lo conocía.

    "¿Cómo es eso?" me replicó, "cuando no tuvisteis en vuestros primeros años mayor amigo, y, para que conozcáis el que todavía soy el que entonces era, sabed que corren voces que sois espía de algún corsario y, noticiado de ello el gobernador de esta provincia
30 os hará prender, y sin duda alguna os atormentará. Yo, por ciertos negocios en que intervengo, tengo con su señoría relación estrecha, y lo mismo es proponerle yo una cosa que ejecutarla. Bueno será granjearle la voluntad presentándole ese negro, y para ello no sería malo el que me hagáis donación de él. Considerad
35 que el peligro en que os veo es en extremo mucho. Guardadme el secreto y mirad por vos, si así no se hace, persuadiéndoos a que no podré redimir vuestra vejación, si lo que os propongo, como

tan querido y antiguo amigo vuestro, no tiene forma."[7]

"No soy tan simple," le respondí, "que no reconozca ser Vmd.°   vuestra merced
un grande embustero y que puede dar lecciones de robar a los
mayores corsarios. A quien me regalare con trescientos reales de
a ocho que vale, le regalaré con mi negro, y vaya con Dios."

No me replicó, porque, llamándome de parte de los alcaldes,
me quité de allí. Era D. Francisco de Zelerun no sólo alcalde,
sino también teniente° y, como de la declaración que le hice de   lieutenant
mis trabajos resultó saberse por toda la villa lo que dejaba en las
playas, pensando muchos el que, por la necesidad casi extrema
que padecía, haría baratas° comenzaron a prometerme dinero   bargains
por que les vendiese siquiera lo que estaba en ellas y me daban
luego quinientos pesos.

Quise admitirlos° y volver con algunos que me ofrecieron su   accept the money
compañía, así para remediar la fragata como para 'poner cobro° a   safeguard
lo que en ella tenía; pero, enviándome a notificar D. Ziphirino de
Castro el que debajo de graves penas no saliese de la villa para las
playas, porque la embarcación y cuanto en ella venía pertenecía
a la cruzada, me quedé suspenso y, acordándome del sevillano
Miguel, encogí los hombros.

Súpose también cómo al encomendero de Tejozuco D.
Melchor Pacheco le di un cris y un 'espadín mohoso° que   rusty dress sword
conmigo traía, y de que por cosa extraordinaria se aficionó,
y, persuadidos por lo que dije del saqueo de Cicudana, a que
tendrían empuñadura° de oro y diamantes, despachó luego   hilt
al instante por él con iguales penas, y, noticiado de que quería
yo pedir de mi justicia, y que se me oyese, al segundo día me
remitieron a Mérida.

Lleváronme con la misma velocidad con que yo huía con
mi fragata cuando avistaba ingleses y, sin permitirme visitar el
milagroso santuario de Nuestra Señora de Ytzamal, a ocho de
diciembre de 1689, dieron conmigo mis conductores en la ciudad
de Mérida.

Reside en ella como gobernador y capitán general de aquella

---

7   **Persuadiéndoos a**... *be persuaded that I won't be able to resolve your
tough situation, if what I propose to you as your beloved and long-time friend is
not put into action*

provincia D. Juan José de la Bárcena,[8] y, después de haberle besado
la mano yo y mis compañeros y dádole extrajudicial° relación de   unofficial
cuanto queda dicho, me envió a las que llaman 'casas reales° de   palace
S. Cristóbal y a quince, por orden suyo, me tomó declaración de
5   lo mismo el Sargento mayor Francisco Guerrero, y a 7 de enero
de 1690, Bernardo Sabido, escribano° real, certificación de que,   clerk
después de haber salido perdido por aquellas costas, me estuve
hasta entonces en la ciudad de Mérida.

Las molestias que pasé en esta ciudad no son ponderables.
10 No hubo vecino de ella que no me hiciese relatar cuanto aquí
se ha escrito, y esto no una, sino muchas veces. Para esto solían
llevarme a mí y a los míos de casa en casa, pero al punto de medio
día me despachaban todos.[9]

Es aquella ciudad, y generalmente toda la provincia,
15 abundante y fértil y muy barata, y, si no fue el Licenciado D.
Cristóbal de Muros mi único amparo, un criado del encomendero
D. Melchor Pacheco que me dio un capote° y el Ilmo. Sr. Obispo D.   cloak
Juan Cano y Sandoval[10] que me socorrió° con dos pesos, no hubo   aided
persona alguna que, viéndome a mí y a los míos casi desnudos y
20 muertos de hambre, extendiese la mano para socorrerme.

Ni comimos en las que llaman casas reales de S. Cristóbal
(son un honrado mesón en que se albergan forasteros), sino lo
que nos dieron los indios que cuidan de él y se redujo a tortillas
de maíz y cotidianos frijoles. Porque rogándoles una vez a los
25 indios el que 'mudasen manjar° diciendo que aquello lo daban   change the main dish
ellos (póngase por esto en el catálogo de mis benefactores) sin
esperanza de que se lo pagase quien allí nos puso y que así me
contentase con lo que gratuitamente me daban, callé mi boca.

Faltándome los frijoles con que en las reales casas de S.
30 Cristóbal me sustentaron los indios, y fue esto en el mismo día
en que dándome la certificación° me dijo el escribano tenía ya   affidavit
libertad para poder irme donde gustase, valiéndome del alférez°   second lieutenant
Pedro Flores de Ureña, paisano mío, a quien si a correspondencia

---

8   Juan José de la Bárcena: Governor and Captain General of the
Yucatán from 1688 to 1693

9   **Al punto...** *at the stroke of noon they all sent me on my way.* That is,
no one invited Alonso to stay for the midday meal.

10 Juan Cano y Sandoval: 18th Bishop of Yucatán, known for his social
reform and his protection of the poor

de su pundonor y honra le hubiera acudido la fortuna, fuera sin duda alguna muy poderoso, precediendo información que di con los míos de pertenecerme, y con declaración que hizo el negro Pedro de ser mi esclavo, lo vendí en trescientos pesos con que vestí a aquéllos, y, dándoles alguna ayuda de costa para que buscasen su vida, permití (porque se habían juramentado de asistirme siempre) pusiesen la proa de su elección donde los llamase el genio.[11]

Prosiguiendo D. Ziphirino de Castro en las comenzadas diligencias para recaudar° con el pretexto frívolo de la cruzada lo que la Bula de la Cena me aseguraba en las playas y en lo que estaba a bordo,[12] quiso abrir camino en el monte, para conducir a la villa 'en recuas° lo que a hombros de indios no era muy fácil.

Opúsose el beneficiado D. Cristóbal de Muros previniendo° era facilitarles a los corsantes y piratas que por allí cruzan el que robasen los pueblos de su feligresía, hallando camino andable y no defendido para venir a ellos.

Llevóme la cierta noticia que tuve de esto, a Valladolid; quise pasar a las playas a ser ocular testigo de la iniquidad que contra mí y lo míos hacían los que, por españoles y católicos estaban obligados a ampararme y a socorrerme con sus propios bienes, y, llegando al pueblo de Tila, con amenazas de que sería declarado por traidor al rey, no me consintió el alférez Antonio Zapata el que pasase de allí, diciendo tenía orden de D. Ziphirino de Castro para hacerlo así.

A persuasiones y con fomento° de D. Cristóbal de Muros volví a la ciudad de Mérida y, habiendo pasado la Semana Santa en el Santuario de Ytzmal, llegué a aquella ciudad el miércoles después de Pascua. Lo que decretó el gobernador, a petición que le presenté, fue tenía orden del Excmo. Sr. Virrey de la Nueva España para que viniese a su presencia con brevedad.

No sirvieron de cosa alguna réplicas mías y, sin dejarme aviar°

recover

on mule back

warning

encouragement

get ready

---

11 **Pusiesen la...** *they aim the prow of their free will in whichever direction their nature dictates*

12 **Con el...** *with the frivolous pretext that he was going to give what he found on the beach and onboard to the church for the Crusades, when it was really guaranteed to me by the a Papal decree. The* Bulas de la Cena *were so named for being decreed each year on Holy Thursday. It is not clear to which Papal Bull Alonso refers here.*

salí de Mérida domingo 2 de abril. Viernes 7 llegué a Campeche, jueves 13 en una balandra del Capitán Peña salí del puerto. Domingo 16 salté en tierra en la Vera-Cruz. Allí me aviaron° los oficiales reales con veinte pesos y, saliendo de aquella ciudad a 24 del mismo mes, llegué a México a 4 de abril. provided

5

El viernes siguiente besé la mano a Su Excelencia[13] y, correspondiendo sus cariños afables a su presencia augusta,[14] compadeciéndose primero de mis trabajos y congratulándose de mi libertad con 'parabienes y plácemes° escuchó atento cuanto en la vuelta entera que he dado al mundo queda escrito, y allí sólo le insinué a Su Excelencia en compendio breve. congratulations

10

Mandóme (o por el afecto con que lo mira o quizá porque, estando enfermo, divirtiese sus males con la noticia que yo le daría de los muchos míos) fuese a visitar a don Carlos de Sigüenza y Góngora, cosmógrafo y catedrático de matemáticas del Rey nuestro señor en la Academia mexicana y capellán° mayor del hospital Real del Amor de Dios de la ciudad de México (títulos son estos que suenan mucho y valen muy poco, y a cuyo ejercicio le empeña más la reputación que la conveniencia.° Compadecido de mis trabajos, no sólo formó esta Relación en que se contienen, sino que me consiguió, con la intercesión y súplicas que en mi presencia hizo al Excmo. Sr. Virrey, decreto para que D. Sebastián de Guzmán y Córdoba, factor° veedor° y proveedor° de las cajas reales,[15] me socorriese, como se hizo. chaplain suitability agent, inspector, purveyor

15

20

Otro° para que se me entretenga en la Real Armada de Barlovento[16] hasta acomodarme y mandamiento para que el gobernador de Yucatán haga que los ministros que corrieron con el embargo° o seguro de lo que estaba en las playas y hallaron a bordo, a mí o a mi datario° sin réplica ni pretexto lo entreguen todo. another order seizure agent

25

30

---

13   **Su Excelencia** refers to the Viceroy of Mexico and addressee of the text.

14   **Correspondiendo sus…** *his genial affection equaling his venerable presence*

15   Sebastián de Guzmán y Córdoba was the viceregal accountant and friend of Sigüenza y Góngora

16   Real Armada: the Windward Fleet created to police the waters of the Gulf of Mexico and the Caribbean Sea in order to protect the Spanish shipping from foreign raiders

Ayudóme para mi viaje con lo que pudo y, disponiendo° — arranging
bajase a la Vera-Cruz en compañía de D. Juan Enríquez Barroto,[17]
capitán de la Artillería de la Real Armada de Barlovento,
mancebo° excelentemente consumado° en la hidrografía, docto — youth, informed
en las ciencias matemáticas y por eso íntimo amigo y huésped
suyo en esta ocasión, me excusó de gastos.

FIN.

---

17   D. Juan Enríquez Barroto was a noted pilot, navigator, and explorer,
particularly of the Gulf of Mexico, who studied mathematics and astronomy
under Sigüenza y Góngora.

Spanish-English Glossary

A

abastecido,a provided [VII]
abocar to aim [IV]
abordar to board [II]
abrigo haven [II]
acantilado,a precipitous [I]
achaque ailment [I]
acogerse to avail oneself [Carta]
acogida welcome [I]
acometer to attack [III], to afflict (someone) [I]
acontecer to happen [Ap.]
acudir to respond [VI]
admitir to accept [VII]
advertir to notice [I]
afán anxiety [Carta]
aferrar to furl [IV]
afianzar to expect [I]
afijarse to stabilize [II]
aforro cable [VI]
agotar to drain [III]
agradecer to thank, to appreciate [Ap.]
agrado friendliness [III]
aguacero downpour [VII]
aguada water supply [I]
aguardiente brandy [III]
aguja compass needle [II]
agujón compass [IV]
ajeno,a distant [I]
alabar to praise [III]
alargar to prolong [II]
albazo dawn attack [III]

alcaide governor [Carta]
alcanzar to reach [III]
alcázar royal palace [Carta]
alentado,a encouraged [Carta]
alfanje cutlass [II]
alférez second lieutenant [VII]
alhaja jewel [III]
aliento encouragement [VI]
aliñar to prepare [III]
almacén storehouse [II]
almizcle musk [III]
alojar to be stationed [VI]
alterarse to become disturbed [II]
altura latitude [I]
amargura bitterness [VI]
amarrar to tie up [III]
ámbito boundary [V], area [VI]
ameno,a pleasant [VII]
amparar to aid [IV]
anclaje tribute to anchor [II]
anclote small anchor [V]
andarivel ferry cable [V]
anegar to drown [VII]
angosturas narrows [II]
aparejo rigging [V]
apartarse to distance onself [I]
aplicarse to apply oneself [II]
apresado,a captured [Carta]
apresar to capture [II]
aquejar to afflict [I]
aras, a las ~ de in honor of [Carta]

armar to prepare [III]
arpeo grappling iron [III]
arrecife reef [II]
arriar to lower [II]
arriero muleteer [I]
arrimar to hug the coastline [V]
arroba 11.5 kg [VI]
arrodillarse to kneel down [VI]
arrojar to jut out [II]
arroyo stream [III]
arzobispado archdiocese [Suma]
ascua hot coal [II]
asegurar to protect [I]
asemejar to be similar [I]
asentir to agree [III]
aspereza roughness [I]
astrolabio astrolabe [IV]
asunto subject matter [Carta]
atolladero muddy spot [I]
atrevesar to cross [I]
atropellar to stumble [I]
auto edict [Suma]
avecindarle to get someone a residence
   [I]
avenida flood [VII]
aviar to get ready, to provide [VII]
avistar to sight [III]
azogado,a agitated [V]
azote lash [III]

B
babor port side [V]
bahía bay [I]
bajo sandbank [II]
bala bullet [II]
balandra sloop [V]
baldear to swab the deck [IV]
baluarte bullwarks [I]
baratas, hacer ~ to sell cheaply [VII]
barloventear to sail against the wind
   [II]
barlovento windward [I]

barraca hut [VI]
barranca ravine [I]
barrilete keg [VI]
bastimentar to load up [III]
bastimentos provisions [II]
batallar to battle [III]
bejuco wicker [III]
beneficiado priest [VII]
beneplácito approval [VII]
bermejo reddish [VI]
blasonar to brag [III]
bobo river fish [V]
bocayna inlet [II]
bodega hold [III]
bofetada blow [IV]
bojear to have a circumference of [VII]
bolina rope [II]
bonga a Philippine palm [III]
bonote coconut fiber [IV]
boquear to draw one's last breath [VI]
bordo side of a ship [II]
borrar to erase [I]
borrasca storm [I]
braza fathom [II]
brea tar [III]
brindis toast [III]
bronze bronce [III]
buril chisel [Ap.]

C
cabal exact [III]
cabeza headland [II]
cabo cape [III]
calafatear to plug up [IV]
calentura fever [VI]
cálido,a hot [I]
calzada causeway [I]
camarote stateroom [IV]
cáñamo hemp [V]
canfora camphor [III]
capa, estar a la ~ to lie to [V]
capellán chaplain [VII]

capitanía flagship [III]
capote cloak [VII]
carena, dar a~ to repair the hull [III]
carpintero de ribera shipwright [I]
casa real palace [VII]
caso circumstance [Ap.]
catedrático professor [Ap.]
caudal wealth [Ap.]
cautela vigilence [IV]
cayuco canoe [V]
cayuelo island [V]
célebre famous [I]
ceñir to tie [V]
cenizar to cook [V]
certificación affidavit [VII]
chachalaca pheasant-like bird [VI]
champán sampan (type of boat) [III]
charco puddle [VI]
chata flat-bottomed boat [V]
chuzo lance [II]
circunvecino,a close by [V]
coadyuvado,a con added to [II]
cobrar to recover [I]
cobro, poner ~ to safeguard [VII]
coco coconut [III]
codicia greed [III]
cogollo heart (of a plant) [VI]
colchar to twist [III]
colmillo tusk [VI]
comarca surrounding countryside [I]
combés deck [III]
comendador knight commander [Carta]
compatriota citizen of the same country [Ap.]
compendio summary [Carta]
comulgar to administer communion [VII]
conceder to concede [Suma]
conciliar to reconcile [Carta]
concurso gathering [II]
condestable sargeant-at-arms [IV]

condolerse to sympathize [Carta]
confiado,a confident [Carta]
congoja anguish [III]
conmutar to commute [III]
consagrar to consecrate [Carta]
consecuente subsequent [I]
constar(le) to be clear (to someone) [I]
consumado, a well-accomplished [Ap.], informed [VII]
contingencencia accident [III]
contramaestre boatswain [III]
contrapesar to counterbalance [Carta]
contraseña signal [VI]
contratar to trade [III]
contravenir to violate [III]
conveniencia opportunity, suitability [I]
convite invitation [III]
copa crown [III]
corcho cork [I]
correspondencia, a ~ opposite [VII]
corsante pirate [I]
costal sack [IV]
costear to sail along the coast [II]
cris dagger [III]
cruzada crusade [VII]
cuartel, pedir ~ to surrender [VI]
cuartomaestre quartermaster [IV]
cubierta deck [II]
cuerda whip [III]
cuestas, a ~ on one's shoulders [VI]
cursado,a frequented [III]

D
dar asunto give rise to [I]
dar de improviso to attack by surprise [III]
dar de resguardo to keep a safe distance [II]
dar el cargo to put in charge [II]
dar fondo anchor [II]
dar razón to give intelligence [III]

datario agent [VII]
decreto decree [Suma]
degollar to slit the throat [IV]
deleitable delightful [I]
delito crime [I]
demanda, en ~ de in search of [II]
demora delay [I]
derramar to splash [VI]
derrota route [II]
derrotero chart [IV]
derrumbarse to slip [I]
desacomodado,a inconvenient [I]
desagradar to displease [VII]
desecho,a vile [III]
desembarazada,o unloaded [III]
desembarazo width [I]
desembocar to come out [III]
desengañado,a disillusioned [II]
desenvainado,a unsheathed [III]
desleído,a dissolved [IV]
desmayado,a unconscious [III]
despachar to dispatch [VII]
despechado,a enraged [I]
despego rejection [I]
despojo spoils [III]
desprevenido,a unprepared [III]
desterrado,a exiled [I]
desvalido, a needy [Carta], helpless [II]
desvalijar to rob [III]
desvanecido proud [Ap.]
desvelo watchfulness [I]
dicha happiness [Carta]
dichoso,a blessed [Ap.]
difuso,a diffuse, detailed [Carta]
digno,a worthy [Ap.]
dilatado,a vast [III]
diligencia effort [III]
discurrir to imagine [IV], to roam [VI]
discurso discourse, course [Ap.], thought [I]

disimular to shrug (something) off [III]
disponer to arrange [VII]
disposición order [Ap.]
distar to be at a distance [II]
docto learned [VII]
doncella maiden [I]
donoso humorous [VII]

E

elogio praise [I]
embargar to paralyze [VI]
embargo seizure [VII]
embestir to assail [VII]
embocadero canal [II]
empellones, a ~ roughly [VI]
empeñar to engage [Ap.]
empeño determination [I]
   a ~ as a guarantee [I]
empuñadura hilt [VII]
en cinta pregnant [III]
encarecer extoll [Ap.]
encomendar to entrust [III]
encomendero commissioner [VII]
engaño trick [III]
ensenada inlet [II]
ensoberbecido,a arrogant [III]
entalingado,a secured [V]
errar to get away from [I]
escarnecer to ridicule [IV]
escasez scarcity, meagerness [I]
escatimar to empty [VI]
escopetería shotguns [II]
escribano clerk [VII]
escrúpulo conscience [III]
esfera sphere of influence [II]
espadín dress sword [VII]
espanto fright [Carta]
espeso thick [VI]
estaño tin [VI]
estera matting [VII]
estima esteem [III]

estopa burlap [IV]
estorbar to interfere [II]
estrago ravage [II]
estrecho straight [II]
estrella fortune [I]
estribar to be based on [I]
estruendo thunder [VI]
exceder surpass [Ap.]
excusa, a ~ de in apology for [IV]
excusar bordos to sail by zigzagging [II]
extrajudicial unofficial [VII]

F
fábrica work [I]
factor agent [VII]
factoría trading post [III]
fatigas toils [Ap.]
feligresía parish [VII]
feria fair [III]
fiar to rely upon [III]
filigrana filigree [III]
fingir to pretend [I]
flojera laziness [IV]
fomento encouragement [VII]
fondo bottom [II]
forastero stranger [I]
fragata frigate [II]
fragosidad roughness [I]
frangente misfortune [IV]
franquear to open up to [I]
frasquera flaskfull [III]
fundamento background [II]

G
gala, hacer ~ de making a show of [IV]
galardón reward [IV]
gálibo form [VI]
ganancia profit [II]
ganta three liters [IV]
garete, ir al ~ to go adrift [III]

garza crane [III]
gaveta topsail [II]
gavia topsail [II]
gemido wail [Carta]
gemir to wail [II]
género merchandise [I]
genio spirit [I]
gentil hombre gentleman in waiting [Carta]
glosa gloss [Ap.]
gobernar to steer [II]
gozar to enjoy [I]
grabada engraving [I]
grado degree [II]
grana cochineal (scarlet dye) [I]
granel, a~ in a heap, stash [III]
granjear to gain [II]
granjear sustento to earn a living [I]
grasa fat [III]
gremio guild [VII]
greña tangle [IV]
guamutil plant fiber [V]
guarecerse to take refuge [VI]
guiñar to deviate, to yaw [II]

H
hacer fuerza to weigh upon [I]
hacha hatchet [III]
hallar(se) to find (oneself) [Ap.]
hallazgo finding [VI]
hebra thread [IV]
heredar to inherit [Carta]
hereje heretic [IV]
herir to crash into [VI]
hidrópico dropsical [VI]
hilación inference [IV]
hincar to kneel down [III]
huérfana daughter of a widow [I]
huerta garden [II]
huesped guest [VII]
hurtar to steal [I]

I

idear to think up [I]
imediato second (to) [I]
importunación annoyance [III]
imprimir print [Suma]
incauto,a unwary [III]
incendio fire [III]
incurrir to fall into [I]
infortunio misadventure [Ap.]
inopinadamente unexpectedly [VI]
instar(le) to press (someone) [III]
interpolar to mingle [I]

J

jamás never [Carta]
juez provisor diocesan judge [Suma]
junco junk (type of boat) [III]
jurar to swear [III]

L

lado safe harbor [III]
lancha boat [III]
lantia lighting [III]
leña firewood [III]
levarse raise anchor [III]
leve slight [III]
lima polish [Ap.]
llano,a flat [III]
llave lock of a gun [IV]
lo propio one's own thing [II]
lóbrego,a gloomy [III]
lograr to earn [Ap.]
lona canvas [IV]
loza crockery [IV]
luengo, al ~ along [III]
lugarteniente deputy [III]
lumbre fire [VII]

M

maestro de alarife bricklayer [I]
malayo Malayan [III]
mancebo youth [VII]

manglar mangrove swamp [VI]
manjar dish [VII]
mansión, hacer ~ to pause [VI]
manta blanket [I]
marina shoreline [VI]
medio día, de southern [I]
mediterráneo landlocked [V]
melindroso squeamish [III]
menudencias small details [I]
meollar string [IV]
mercader trajinante transporter of
   goods [I]
merecer to deserve [Carta]
meridiano longitude line [II]
mesana mizzen-mast [IV]
miniestra foodstuff [IV]
mitra miter [I]
mocho butt of a gun [VI]
mofa mockery [II]
mohoso,a rusty [VII]
molde printing press [Carta]
molido ground up [IV]
montar to round [III]
montés wild [VI]
morador inhabitant [III]
mortandad mortality [III]
mosquete musket [II]
múcara shoal [V]
munificencia magnificence [Carta]
muralla city wall [II]

N

ñame yam [III]
nao ship [I]
nefando,a unspeakable [III]
negarse to refuse [Carta]
nido nest [I]

O

obsequio courtesy [VII]
occidental western [III]
ocuparle to give employment to

someone [I]
oficial assistant [I]
ofrecersele to occur to someone [I]
olla pot [III]
orzar to luff, aim toward the wind [V]
ovillo ball of yarn [IV]

P

paciente sufferer [Carta]
padecido,a suffered [Ap.]
paje page [I]
palmito heart of palm [VI]
palo beating with a stick [IV]
parabien congratulations [VII]
paraje place [I]
parto birth [I]
patada kick [III]
patria native land [I]
patrocinio patronage [Carta]
pedazo weapon [III]
pedernal flint [Ap.]
pedir buen cuartel to surrender [II]
pedrero gun with stone bullets [II]
pena punishment [I]
pendalidad punishment [IV]
penoso,a arduous [I]
pensión price, obligation [I]
perecer to perish [III]
peregrinación pilgrimage [Carta]
permutar to barter [I]
perspicacia intellect [Carta]
pertrecho ammunition [III]
pescozón blow on the neck [III]
pestífero foul-smelling [III]
petate bedding [VII]
pieza piece of artillery [II]
pilar degerm [IV]
pillaje pillaging [III]
pingüe rich [III]
piragua canoe [II]
pisar to step on [I]
pláceme congratulations [VII]

platanal plantain grove [VII]
plomo lead [VI]
pólvora gunpowder [II]
porta porthole [II]
porte tonnage [V]
porvenir future [I]
pozo well [VII]
práctico pilot [III], pilot [V]
preciarse to boast [IV]
presa booty [III]
presagiar to foresee [I]
presea jewel [III]
presidio fortress [II]
prevención precaution [II]
estar con ~ to be prepared [II]
prevenir to warn [VII]
privanza favor [III]
proa prow [II]
proceder behavior [I]
proceloso,a tempestuous [I]
prolijo,a tedious [III]
protestar to promise [VI]
proveedor purveyor [VII]
pujanza strength [V]
pundonor dignity [I]
puño handful [II]
puntería aiming [II]
pusilánime faint-hearted [I]

Q

quebrado,a broken [II]
quilla keel [III]
quintal 100 kg [VI]

R

raso satin [III]
razón phrase [VI]
real a Spanish coin [I]
rebenque whip [III]
recabar to manage to achieve [VI]
recato caution [III]
recaudar to recover [VII]

recelar to fear [III]
recelo misgiving [II]
recoger to return [II]
reconvenir to remind [III]
recuas, en~ on muleback [VII]
regalo comfort [VI]
regidor town councillor [I]
regocijo rejoicing [III]
rehén hostage [VI]
rematar to pass [V]
remo oar [II]
remojar to grind [IV]
remolque, a ~ in tow [III]
rendimiento submission [III]
reparar to pay attention [II]
rescate barter [II]
retorno barter [VI]
revolver to move [VI]
rezón grappling hook [V]
rigor severity [V]
rozar to clear [I]
rumbo hole in the hull, direction [III]

S
sabandija vermin [I]
sagaz wise [III]
salobre salty [VI]
salud toast [III]
sancochar to parboil [IV]
sangley Chinese merchant in the
    Philippines [II]
saquear to plunder [III]
secuaz follower [IV]
sedicioso mutinous [IV]
sediento,a thirsty [I]
seguro certainty [Carta]
seno bosom [I]
sensible deplorable [IV]
sentido senses [VII]
septentrión north [I]
septentrional north [VI]
séquito entourage [IV]

serpentín iron piece that you use to
    put a lighted fuse in a canon [II]
sian Siamese [III]
singladura day's run [II]
siniestra left hand [IV]
sinsabor unpleasantness [I]
soberbio,a proud [I]
sobradísimo huge [III]
sobrar to exceed [Carta]
sobreescrito,a announced [Ap.]
socorrer to aid [VII]
sollozo sob [V]
sombra shade [Carta]
sondar explore [III]
soplar to blow [II]
sosegar to abate [I]
sotavento leeward [II]
sublevarse to revolt [IV]
suceso event [I]
Suma summary [Suma]
superchería trickery [II]
surgir to anchor [II]
sustentarse to sustain oneself [I]
susto fear [I]

T
tabón gull [V]
tasajo dried meat [IV]
tejidos weavings [III]
temer to fear [I]
temeridad recklessness [Carta]
templar to temper [Carta]
temple weather [I]
teniente lieutenant [VII]
tentido,a extended [V]
tercio a quantity [IV]
tesón strength [III]
tiesto vessel [IV]
timón helm [III]
tinaja earthen jar [IV]
tiro shot [II]
tizón torch [II]

toldilla roundhouse [II]
tope masthead [IV]
tornaviaje return voyage [II]
tosco crude [VI]
trabajo tribulation [Carta]
trabucazo blunderbuss [III]
trajinar to transport [II]
trecho, a largo ~ from long distance
   [VI]
tremolar to raise [III]
tribunal court [I]
trinquete foremast, foresail [V]
turbonada squall [IV]

U
ungüento salve [VI]
urqueta barque [I]

V
vado ford [VI]
valerse de to take advantage of, to
   count on [I]
varar to run aground [Carta]

vasallo vassal [II]
vasija vessel [VI]
veedor inspector [VII]
vela, hacer a la ~ to set sail [II]
   ~**de gavia** topsail [V]
   ~**de trinquete** foresail [V]
vendaval gale [II]
venero deposit [I]
venidero future [II]
venir en to agree [VII]
por ventura by chance [IV]
vereda path [I]
verga shipbeam [VI]
vestuario wardrobe [II]
vicisitud accident [Ap.]
virar to turn [II]
virazón seabreeze [II]
virrey viceroy [Carta]
vituperios insults [III]

Y
yerro error [Carta]
yugo yoke [II]

CPSIA information can be obtained at www.ICGtesting.com
Printed in the USA
LVOW04s0216060913

351247LV00001B/52/P